산에서 만든 튼튼한 허벅지가
연금보다 낫다

산에서 만든 튼튼한 허벅지가 연금보다 낫다 

발행일 2022년 12월 28일

지은이 오혜령, 박옥남
펴낸이 손형국
펴낸곳 (주)북랩
편집인 선일영 편집 정두철, 배진용, 김현아, 류휘석, 김가람
디자인 이현수, 김민하, 김영주, 안유경, 한수희 제작 박기성, 황동현, 구성우, 권태련
마케팅 김회란, 박진관
출판등록 2004. 12. 1(제2012-000051호)
주소 서울특별시 금천구 가산디지털 1로 168, 우림라이온스밸리 B동 B113~114호, C동 B101호
홈페이지 www.book.co.kr
전화번호 (02)2026-5777 팩스 (02)2026-5747

ISBN 979-11-6836-578-0 04810 (종이책) 979-11-6836-579-7 05810 (전자책)
979-11-6836-577-3 04810 (세트)

건강과 힐링을 찾아 떠난 **대한민국 100대 명산 완등기**

산에서 만든 튼튼한 허벅지가 연금보다 낫다 상

오혜령, 박옥남 공저

손에 잡힐 듯 실감나는 산행기에
무사고 등산을 위한 산악안전가이드까지!

북랩

서문

"사람이 마음으로 자기의 길을 계획할지라도 그의 걸음을 인도하시는 이는 여호와시니라(잠언 16:9)"

하나님께서 계획하심과 인도하심으로 이 책을 세상의 빛으로 내어놓을 수 있음을 감사드립니다. 아멘.

이 책은 한국 사람들이 가장 많이 찾는 한국의 100명산을 완등하면서 기록을 적은 순수 산행기이다.

한국에는 웅장하고 멋있는 산, 혹은 작고 아담하면서 아름다운 산이 정말 많으며 그중에서도 한국인들이 많이 찾는 곳을 중심으로 한국의 100대 명산이 지정되었는데 산림청과 블랙야크에서 서로 조금씩 다른 100대 명산을 선정하였다. 필자가 처음 완등에 도전하던 당시의 100대 명산에, 지금은 서대산을 비롯한 21개가 추가되어 총 121개의 명산이 선정되어 있다.

이 책은 크게 두 가지 목적을 가지고 출간하게 되었다. 우선 첫째는 등산이 대중화되면서 산을 찾는 사람들의 연령대도 다양해졌기에, 산행을 하면서 자주 발생하는 산악안전사고를 예방하는 데 도움이 되고자 하는 목적이다. 특히 최근 발생한 코로나19로 인하여 갈 곳이 없어진 사람들이 산을 찾게 되었고, 은퇴한 사람들의 전유물이었던 산행에 이제는 MZ세대의 참여가 많아짐에 따라 산행 중 안전사고의 확률은 더욱 높아지고 있다. 이와 같은 안전사고 예방을 위하여 산악안전가이드가 필요하다는 것을 깨닫게 되었다. 따라서 이 책에는 계절별로 발생 가능한 산악안전사고 예방을 위한 팁이 수록되어 있으며, 산행에서 발생 가능한 응급상황대처법과 산행 기본지식을 알기 쉽게 풀이해놓았다. 어느 정도만 숙지를 하고 지킨다면 안전하고 즐거운 산행을 지속적으로 할 수 있을 것으로 본다.

둘째는 산행을 하고 싶어도 신체적인 불편함으로 인하여 산행을 하지 못하는 분들이 마치 실제로 산에 다녀온 기분을 함께 느낄 수 있기를 바라는 마음에서다. 산행을 하면서 느낀 소소한 것들, 눈에 잘 보이지 않는 작은 것들까지 빠짐없이 기록하려고 노력했으며 이런 마음이 그들에게 전달이 되기를 바란다. 이는 큰 교통사고로 거동이 불편해진, 가깝게 지내던 지인이 저자의 산행기록으로 만족감과 성취감을 느꼈던 데서 시작하게 되었다. 부족하나마 산행하는 느낌을 받을 수 있도록 마음전달에 최선을 다했으며 누구나 쉽게 접할 수 있도록 매우 사실적으로 기록하였다. 필자의 지인과 같은 마음으로 읽어주고 대리만족할 수 있기를 진심으로 바란다.

누군가는 '산은 바라보는 것'이라 한다. 또 누군가는 '어차피 내려올 산 왜 올라가냐'라고도 한다. 산에 왜 가냐는 물음에 필자는 "산은 내게 바라는 것이 없으며 오직 주기만 할 뿐이다. 또한 내가 욕심만 부리지 않는다면 산은 가진 것을 전부 내어주며 거기에 정신까지 맑게 해주니 산에 가지 않을 이유가 없다"라고 답한다. 산을 오르면 건강도 챙기고, 정서적 안정감과 더불어 일상에서 지친 심신의 힐링까지 얻을 수 있다. 산은 항상 그 자리에 있으니 누구라도 계절 없이 좋은 산에 올라보자. 건강도 찾고 산이 주는 아름다움에 흠뻑 빠져도 보자. 좋은 사람과 함께, 또는 일상에서 받은 스트레스를 풀기 위해 주변의 나즈막하고 작은 산부터 천천히, 산이 주는 상쾌함을 만끽하면서 한발 한발 내딛고 산과 친해지는 시간을 가져보기를 권한다. 산은 새로운 무엇을 시작하기 전 나를 돌아보는 계기가 되기도 하기에, 독자 여러분이 산 정상에서 바라보는 하늘과 맞닿은 산그리메를 가슴으로 안고 세상과 하나됨을 느껴볼 수 있기를 진심으로 바란다.

2022년 12월

안혜령, 박옥남

목차

상

하

산에서 만든 튼튼한 허벅지가 연금보다 낫다

1.

산과 강이 만나는 그곳

- 팔봉산(327.4m)

명산 첫 번째 도전, 홍천 팔봉산이다. 팔봉산은 2봉이 인증장소이며, 홍천강을 따라 맑은 물이 산을 끼고 흐르고, 병풍처럼 펼쳐진 바위로 이루어진 각각의 봉우리는 약간 경사와 완만함이 어우러져 오르고 내림을 반복하는 코스다. 팔봉산 관광지에 도착하여 약 5분 정도 강변을 따라 걷다 보면 어느새 매표소에 이르게 된다. 매표소에는 등산로 개방시간을 적어놓은 표지판이 있는데 팔봉산은 계절별로 등산로 개방시간이 다르다. 봄·가을에는 7:00~15:30, 여름(7~8월)에는 7:00~16:00로 자칫 늦으면 입산을 할 수 없다.

1봉까지 가는 길은 8봉 중 가장 난이도가 높다. '쉬운 길'이라 쓰인 표지목을 지나면 가파른 바위길이 시작되는데 제법 급경사가 있다. 1봉에 도착하고 보니 정상석은 자그마한 삼각형 모양으로 정답기까지 하다. 마치 대감님이 쓰던 관모 형상을 하고 있다. 잠시 휴식하고 2봉으로 향한다. 봉우리와 봉우리 사이는 약간의 암릉으로 이루어진 오르막과 내리막으로 지루하지 않은 산행코스를 이루고 있다. 1봉과 2봉 사이는 그리 길지 않게 이동하여 도달할 수 있다. 2봉에는 산신각과 삼부인당이 있는데 산신각은 팔봉산의 산신령과 칠성님을 모신 곳이며, 삼부인당은 이씨, 김씨, 홍씨 삼부인 할머니들을 모신 곳으로 조선 선조(1590년대)때부터 팔봉산 주변 사람들의 마음의 평온과 풍년을

기원하며 당굿을 해오던 곳이라 전한다.[1]

2봉의 전망대에서 아름다운 팔봉산과 홍천강을 조망하고 3봉으로 향한다. 3봉으로 가는 길에는 계단이 있고 고사목이 된 소나무가 그 아름다움을 더해준다. 아래로 조망되는 강물은 보는 이로 하여금 시원함을 더해준다. 3봉으로 가는 길에는 중턱에 커다란 바위가 있고 그 바위 안에는 방 1칸 정도의 평석이 깔려 있는데 일제강점기 주민들이 이곳에 와서 삼베를 짜서 강제공출을 막고 옷을 만들어 입었다고 한다. 전쟁이 일어나면 피난처의 역할도 하여 인명을 지켜주었다는 전설이 있는 곳이다. 3봉에서 4봉으로 가는 길에는 해산굴이 있는데 산모가 아이를 낳는 고통을 느끼게 한다 하여 해산굴이라고 하며 이곳을 여러 번 빠져나가면 무병장수한다는 전설이 있다. 우회로가 있긴 하지만 당연히 해산굴로 향한다. 해산굴에 가면서 "혹시나 빠져나가지 못하면 어쩌나!" 하는 장난어린 농담을 주고받으며 해산굴을 올라간다. 겨우 사람 한 명쯤 빠져나갈 작은 구멍으로 배낭을 메고 올라가는 것은 쉽지 않았다. 자칫하면 상의 주머니에 걸고 있던 선글라스가 바위에 끼어 깨질 뻔하였다. 겨우 배낭과 함께 빠져나온 해산굴을 바라보며 안도의 한숨과 잘 빠져나왔다는 뿌듯함에 활짝 웃어본다.

오르고 내려가기를 반복하며 각 정상석마다 내려다보이는 홍천강의 아름다움과 시원한 바람으로 땀을 식히며 5봉과 6봉, 7봉을 지난다. 마치 하산이 끝난 것 같은 느낌으로 7봉을 내려오면 다시 8봉이 우뚝 서서 마주한다. 8봉은 자신이 없으면 그냥 내려가는 것이 좋겠다는 생각이 들 정도로 급경사이다. 높지는 않지만 직각으로 솟은 봉우리는 밧줄에 의지하고 올라가야 하니 초보자는 신중하게 선택을 해야 한다. 잘못된 선택은 생명과 직결될 수도 있으니 말이다.

1 삼부인당의 유래

1봉 정상석

2봉 정상석

3봉 정상석

4봉 정상석

5봉 정상석

6봉 정상석

7봉 정상석

8봉 정상석

8봉에서 하산하는 길은 강으로 내려가는 급경사로 더욱 조심해서 하산해야 한다. 산행은 올라갈 때보다 내려올 때가 더 어렵다고 하는데, 급경사인 데다 강가라서 물기가 있어 미끄러운 산길이라 더욱 조심히 한발 한발 내려간다. 하산길이 끝나는 지점부터 매표소까지 이어지는 강가 오솔길은 산책로로 그만이다. 아름다운 물길과 잘 정돈된 오솔길은 낭만 그 자체이다. 팔봉산의 묘미는 뭐니 뭐니 해도 아기자기한 작은 봉우리들과 이 아름다운 강변 오솔길이다. 아직 덜 자란 갈대숲 사이로 송사리 떼가 오가며 다슬기들이 살고 있는 청정지역 홍천 팔봉산에서의 일정을 마치고 첫 번째 명산 산행기를 마무리한다.

★ 봄철 산행 시 주의사항 - 기상체크

산에서의 봄은 연중 가장 변덕스러운 날씨로, 따뜻해지기도 하지만 갑작스러운 폭설과 폭우에도 대비해야 한다. 반드시 산행 전에 날씨를 체크하여 변덕스러운 기온에 대비해야 하며, 특히 고산지대로 갈수록 겨울철과 가까운 기온이기에 날씨와 관련된 산행준비를 해야 한다.

2.

원효대사와 요석공주의 사랑을 찾아서

- 소요산 의상대(587.5m)

소요산은 원효대사와 요석공주의 사연을 간직하고 있는 곳이다. 서화담 양봉래와 매월당 김시습이 소요하였다 하여 소요산이라 부르게 되었다는 이 산은 경기소금강이라고 불리기도 한다. 그만큼 수려한 경관을 가지고 있는 이곳은 봄, 여름, 가을, 겨울 사계절 꽃과 단풍 등 아름다운 경관과 맑은 물이 흐르는 계곡을 끼고 산행길이 이어져 있다. 특히 10월 말경 주차장에서부터 이어지는 아름다운 단풍길은 산길을 오를 수 없는 노약자들에게도 산행 못지않은 볼거리를 안겨준다.[2]

주차장에 주차를 하고 시원한 계곡길을 따라 발길올 옮긴다. 소요산 입구에 다다르면 원효굴과 폭포가 흐르고 원효대사가 수행하다 지었다는 자재암과 자연 석굴인 나한전이 있고 그 위로 시원한 청량폭포와 마주한다.

자재암을 지나 좌측하백운대에서 공주봉까지가 소요산을 제일 길게 도는 코스이며 가장 상급자 코스이다. 특히 하백운대까지 이어져 있는 1.4㎞ 구간은 급경사로 천 개의 계단이 있는데 정말 끝이 없어 많은 사람들이 지치는 곳이기도 하다. 그 계단을 끝까지 오르는 사람들도 대단하지만 계단을 만든 사람들도 정말 힘들었겠다는 생각을 하면서 올라간다. 하백운대에 오르면 그동

2 『동두천시사(東豆川市史) 상(上)』(동두천시사편찬위원회, 1998), 『한국지명요람(韓國地名要覽)』(건설부 국립지리원, 1982)

안의 고생에 보답이라도 하듯 시원한 바람과 수려한 경관이 우리를 맞이한다. 아! 이런 기분 때문에 산에 오는 것이 아닐지…. 100명산 도전을 하면서 찾은 소요산은 이전에 왔던 느낌과는 또 다른 의미와 가치를 부여한다. 하백운대를 지난 능선으로 이어지는 중·상백운대를 지나 칼바위로 향한다. 능선을 따라 걷는 길은 멋진 소나무가 많고 봄에는 진달래와 철쭉이 많은 곳으로 오솔길처럼 완만하고 나무그늘로 인해 시원하기 그지없다. 칼바위는 초보자에게는 조금 위험한 구간이기에 우회도로를 만들어놓았지만 예전에 그 아름다움을 기억하고 있는지라 칼바위 쪽으로 발길을 옮긴다.

칼바위는 조금 위험하지만 뾰족뾰족하게 솟은 바윗길 사이로 나 있는 멋진 소나무는 탄성을 자아내기에 충분하다. 이곳은 사실 추락사고도 있었던 곳이라 더욱 조심하고 휴식을 취하며 가야 하는 곳이다.

칼바위 능선과 소나무

칼바위의 멋스러움을 뒤로하고 의상대로 이동한다. 가는 길에는 또 계단이 있는데 이미 천 개의 계단으로 살짝 지쳐 있어서 계단을 보는 순간 "윽" 소리가 저절로 나온다. 그래도 체력 회복을 위해 초콜릿 하나 흡입하고 힘차게 발돋움을 시작한다.

나한대를 지나 의상대를 오르니 갑자기 불어오는 격한 바람에 어쩐지 정상을 내어주는 것에 대한 의상대의 베풂을 느끼게 해주는 것만 같다. 의상대의 정상석은 정사각형의 나지막한 대리석인데 이리저리 포즈를 취하며 인증을 하고, 지나온 나한대와 백운대 쪽을 바라보며 흐뭇한 미소를 지어본다.

나한대

의상대(최고봉)

의상대에서 공주봉을 가기 전에 준비한 도시락을 먹고 동행한 이들과 담소를 나누고 휴식을 취하며 재충전을 한다. 공주봉은 제법 긴 코스이며 내려온 만큼 다시 올라가야 하기에 마음의 준비도 해야 한다. 이제 충전도 끝났으니 다시 공주봉으로 출발! "헉… 헉…" 역시 오르는 길은 처음이나 나중이나 쉽지 않다. 누가 물으면 그 험난한 길을 왜 가냐고 묻겠지만 그래도 산이 주는 고마움과 기쁨은 일단 다녀와서 느껴봐야 하지 않을까!

공주봉은 급경사이기도 하지만 산행로가 미끄러워 올라가면 자꾸 다시 미끄러져 내려온다. 그래서 더욱 힘들게 느껴지는 코스이기도 하다. 특히 공주봉에는 데크가 조성되어 있는데 백패킹을 하는 사람들도 꽤 있다.

소요산은 수도권에서 가깝고 교통도 좋으며, 다양한 등산코스와 볼거리가 있어 많은 사람들이 찾는 산이다. 소요산 주차장 근처에는 자유수호박물관, 소요문화 생태공원 등이 있으며 가을이면 국화꽃 전시회로 인산인해를 이룬다.

계절에 상관없이 아름다운 소요산의 산행 인증을 마무리한다.

★ 봄철 산행 시 주의사항 - 잔설과 얼음에 대비

많이 따뜻해진 날씨이지만 그늘에는 여전히 낙엽에 덮인 얼음과 잔설이 남아 있고, 이는 낙상의 주요 원인이 될 수 있기에 한 걸음 한 걸음 옮길 때마다 숨어 있는 눈과 얼음에 주의해야 한다.

3.

은혜 갚은 까치의 전설이 있는 곳
- 치악산 비로봉(1,288m)

치악산은 차령산맥 줄기로 단풍이 아름다워 원래 적악산이라 불리었다. 후에 은혜 갚은 까치의 전설로 치악산이라고 불리기 시작하였는데 설악산, 월악산과 더불어 3대 악산이라 불릴 만큼 산세가 험난하고 지리적 여건으로는 원주시, 영월군, 횡성군 등 세 곳의 행정구역이 이어져 있다.

불과 1달 전 왔다가 세찬 소나기가 내리는 등 날씨가 악화되어 정상을 코앞에 두고 중턱에서 산행을 포기한 채 치악산의 옥수수막걸리만 먹고 돌아갔던 기억이 있다. 오늘은 치악산의 비로봉을 꼭 보고야 말겠다는 일념으로 산행을 시작한다.

9마리의 용이 살았다는 구룡사를 지나 맑은 물과 고운 단풍으로 유명한 선녀탕을 감상하고 출렁다리를 지나서 세렴폭포에서부터 본격적인 산행이 시작되는데 이번엔 계곡 쪽으로 돌아 칠석폭포를 지나 정상으로 향한다.

산이 깊은 만큼 야생화도 지천이고 계곡을 따라가다 보니 습도는 조금 높지만 시원해서 참 좋다. 사실 여름 산행은 습도가 높으면 쉽지 않지만 계곡을 끼고 돌 때 계곡 바람이 그 단점을 다 채우고도 남음이 있다. 사다리병창길보다는 완만하지만 고지가 1,000고지가 넘는 만큼 역시 경사도 만만치 않다. 높이가 높은 산길을 걷다 보면 수많은 사람들을 만나고 사회에서 만나면 쉽게 터놓을 수 없었던 생활사를 알 수 없는 힘으로 털어놓고, 공감하고, 또한 위로한다. 이것은 또 다른 산행의 장점이다. 쉬었다 오르기를 반복, 드디어 비로봉감시초소를 거쳐 비로봉에 도착했다.

구룡소

세렴폭포

선녀탕

비로봉 정상석

비로봉에서는 세 개의 돌탑과 발아래로 보이는 수려한 치악산을 마주하게 되는데 시원한 바람은 올라오면서 힘들었던 생각을 다 잊기에 충분하다. 동행한 이들과 정상에서 잘 정비해둔 데크에 앉아 준비한 도시락을 먹는다. 비록 컵라면에 식은 밥 한 덩이에 볶은 김치가 전부이지만 그 어떤 식사보다 꿀맛이다. 지금은 법으로 금지되어 음주가 불가능하지만 그때는 살얼음 동동 뜬 막걸리 한잔이 가능하였기에 전날 준비한 언 막걸리 한잔으로 그 흥을 한껏 돋

운다. 정상에서의 만찬과 시원한 바람, 멀리 내려다보이는 쭉쭉 뻗은 산맥의 푸르름은 정말이지 세상 부러울 것이 없다. 내려올 때는 사다리병창길을 지나 셀 수 없이 많은 계단을 다시 접하게 되는데 멋진 소나무와 갖가지 참나무들이 어우러져 그 경관은 최고조로 달하게 되고 바위와 기암괴석들은 마치 성곽인 듯, 병풍인 양 치악산의 보호막인 듯하다.

다시 발걸음을 재촉하여 세렴폭포에 도착하여 고단한 손과 발을 잠시 물에 담그고 피로를 풀며 일정을 마무리하였다. 치악산은 그 이름값으로 매우 험난하였으나, 보다 많은 등산객들을 위하여 최근에 탐방로를 재정비하는 등 새롭게 단장을 한 듯하다.

치악산에는 여러 가지 등산코스가 있지만 구룡사 쪽에서 등산을 시작한다면 계곡 쪽을 추천하고 싶은데 그 이유는 기존의 자연경관을 잘 유지하여 산행하는 느낌을 받을 수 있도록 하였기 때문이고, 하산 시에는 수려한 경관을 내려다볼 수 있도록 사다리병창길을 추천한다.

★ 봄철 산행 시 주의사항 - 아이젠 지참

봄이라 해도 고산지대로 가면 5월이 되어도 눈이 남아 있고 갑자기 폭설이 오기도 한다. 산행 중 눈과 얼음이 있는 지대를 만나면 아이젠은 필수품이 된다. 아이젠 없이 얼음과 눈길을 걷게 되면 필요 이상으로 에너지 소모가 되고 지칠 수 있으므로 따뜻해진 날씨가 유지되어도 당분간은 아이젠을 챙겨야 한다.

4.

수려한 소양호 강줄기를 따라

- 오봉산(777.9m)

오봉산은 춘천시에 위치하고 있으며 다섯 개의 봉우리로 이어져 있다. 다섯 개의 봉우리는 나한봉, 관음봉, 문수봉, 보현봉, 비로봉이며 각각의 봉우리마다 기암괴석으로 이루어져 있고 각각의 봉우리마다 멀리 바라다 보이는 소양호와 절묘한 기암괴석으로 둘러싸인 경관은 아름답기 그지없다. 아름다운 오봉산을 올라보자.

오봉산의 하늘

오봉산 정상석

'여기가 38선입니다'라는 표지석이 있는 배후령에서 급경사로 시작하는 오봉산은 첫 번째 봉우리에 올라서자마자 "아, 참 예쁘다"라는 탄성을 자아낸다. 마침 새벽까지 비가 온 탓에 온 세상은 맑고 하늘은 또 어떻게 그렇게 푸른지…. 깊은 골짜기

청솔바위

벼랑 아래에는 운무가 흐르고, 푸른 하늘의 구름은 마치 솜털처럼 새하얗다.

구성폭포

맑은 날씨만큼 소나무도 어쩌면 그렇게 고운 연둣빛을 자랑하는지…. 첫 번째 봉우리를 오를 때 암벽을 오르는 구간이 있는데 진혼비가 있다. 어떤 사연이길래 이 먼 곳까지 그 넋을 달래려 세워놓았을까? 잠시 묵념으로 그 넋을 위로한다.

봉우리를 오르락내리락 살짝 스릴까지 곁들인 오봉산의 매력은 가파른 암벽과 능선을 걸으며 바라보는 소양호의 아름다움일 것이다. 정상에서 인증을 하고 하산하는 길에는 팔봉산 해산굴처럼 암벽 틈을 빠져나가는 부분이 있다. 꼭 한 사람만 빠져나갈 수 있는 이곳에서는 심장이 쫄깃해지는 스릴을 맛볼 수 있다. 뿐만 아니라 천단 쪽 나무숲은 단풍나무와 다양한 활엽수가 많아 시원하며 계곡을 끼고 돌면서 청량함을 맛볼 수도 있다.

하산길에 청평사를 마주하게 되는데 병풍 같은 바위를 타고 흘러내리는 구성폭포를 보고 있노라니 마음까지 시원해진다. 구성폭포를 지나면 당나라 태종의 딸 평양공주의 설화가 담겨 있는 공주의 청동상이 있다. 공주를 사랑한 청년이 상사병으로 죽고 뱀으로 환생하여 공주의 몸에 붙어살다가 청평사 공주굴에서 자고 공주탕에서 몸을 씻은 뒤 스님의 옷을 만들어 올린 후 상사뱀은 공주와 인연을 끊었다고 한다. 그 후 당나라 황제는 청평사를 고쳐 짓고 탑을 건립하였는데 공주탑이라고 하였으며 상사뱀이 윤회를 벗어난 곳을 회전문이라 부른다고 전한다. 오봉산은 춘천 중심 시가지에서 소양강댐까지 시내버스가 운행되며 소양호에서 청평나루까지 선박이 운행되기에 더욱 많은 사람들이 찾는 명산이다.

오봉산은 백치고개를 사이에 두고 부용산과 마주보고 있으며, 주위에 봉화산, 수리봉 등이 있다. 명산을 찍는 사람들은 용화산과 연계산행을 하기도 한다. 오봉산은 또 다른 이름으로 '경운산'이라고도 하는데 청평사에는 청평사회전문 3층석탑이 보물 제164호로 남아 있으며, 고려시대에 만든 정원터가 있어 옛 정원 연구의 중요한 자료가 되고 있다고 한다. 5월에는 민속축제인 소양제가 열리는데 잘 맞춰서 산행도 하고 오봉산의 유명한 음식인 송어, 향어, 춘천 막국수도 먹고 아름다운 추억도 만들 수 있기를 바란다.

★ 봄철 산행 시 주의사항 - 봄철 산행의 의복

봄이긴 하지만 겨울 못지않은 의류를 챙겨야 한다. 변덕스러운 날씨는 저체온을 유발할 수 있고 봄바람은 생각보다 차갑다. 흔히 우리가 알고 있는 바람막이, 즉 방풍자켓은 바람이 몸속까지 들어오지 않도록 하는 의류이므로 입을 일이 없더라도 꼭 준비하도록 한다.

5.

아름다운 의암호와 소양호의 경치가 있는 곳

- 용화산(877.8m)

용화산은 높이 878m. 화천에서 남쪽으로 약 8㎞, 춘천에서 북쪽으로 약 20㎞ 지점에 위치하고, 동남쪽으로는 고탄령(古灘嶺)과 사야령(四夜嶺)을 지나 소양강에 이른다. 남쪽 사면을 흘러내리는 양통개울은 남서쪽으로 흘러 춘천호로 흘러든다.

산에는 둘레 956척, 높이 2척의 석성(石城)인 용화산성(龍華山城)이 있으며, 산록에는 용화사(龍華寺), 용흥사(龍興寺), 용암사(龍巖寺) 등의 사찰이 있다. 또한 용마굴, 장수굴 등의 동굴과 백운대, 은선암(隱仙巖), 현선암(顯仙巖) 등의 기암이 많아 경치가 아름답다.[3]

용화산에 오르기로 한 날 새벽까지 세찬 비가 내려서 진행을 해야 할지 말아야 할지 여간 걱정이 되는 게 아니었다. 우중 산행은 생각보다 쉽지 않아서 고민 끝에 기왕 가기로 한 거 또 언제 일정을 잡을까 싶어 일단 가보기로 한다. 다행스럽게 큰 고개에 도착했더니 언제 비가 왔냐는 듯이 하늘이 맑다.

---

3 『한국지지(韓國地誌)』-지방편(地方篇) II(건설부 국립지리원, 1984), 『강원총람(江原總覽)』(강원도, 1975), 『한국지명총람』(한글학회, 1967), 『강원도지(江原道誌)』(강원도지편찬위원회, 1959)

용화산 하늘벽

용화산 정상석

처음 출발하는 코스는 급경사로 비가 온 직후라 계속 미끄러지며 올라간다. 비에 젖은 길은 한 걸음 올라가면 반 걸음 뒤로 밀려나곤 해서 올라가는 속도가 두 배로 늦어지는데 비가 내린 후유증이라고나 할까…. 어쨌든 다행인 건 길지 않은 코스라 견딜 만하다. 산허리는 운무로 멀리까지 조망되진 않지만 제법 운치가 있다. 이것이 비 온 뒤 산행의 묘미가 아닌가 싶다. 용화산 정상에서 배후령으로 가는 길은 길고 지루하다. 그러나 격한 산행보다 오솔길 같은 완만한 산행을 좋아하는 타입이라면 이 코스도 나쁘지 않다. 지네와 뱀이 서로 싸우다 이긴 쪽이 용이 되어 하늘로 승천하여서 용화산이라는 이름이 생겨났다는 전설이 있는 이 산은 바위산으로 춘천의 의암댐, 소양댐, 춘천댐, 화천댐에 포위된 천혜의 성벽이기도 하다. 마치 새가 나는 것과 같은 모양이라 하여 이름이 붙여진 새남바위, 하늘벽 촛대바위, 층층바위, 득남바위 등 코스에 따라 다양한 기암괴석을 볼 수 있고 고대국가 맥국의 성문 역할을 하던 배후령, 성불령, 사여령, 큰고개, 모래재 등의 고갯길 10여 곳의 흔적이 남아 있다고 전한다.

★ 봄철 산행 시 주의사항 - 꼭 필요한 작은 아이템, 스패츠

따뜻해진 날씨로 겨우내 꽁꽁 얼었던 땅이 녹기 시작하면 등산로는 질척해져 있기 마련이다. 이른 봄 갑자기 맞게 되는 폭설 및 폭우에 등산화와 바지가 젖게 되면 체온은 급격히 떨어지게 된다. 작은 아이템이지만 등산화를 보호하고 비와 눈으로부터 젖지 않도록 꼭 사용하자.

6.

백구야, 백구야

- 수락산(638m)

서울 한복판에 이렇게 멋진 산이 있다는 것은 축복이다. 멋진 기암괴석이 많고, 다양한 코스로 등산이 가능한 수락산은 수도권에 있는 많은 사람들이 다니는 명산이다. 인증을 위한 코스로 청학리 방향에 있는 수락유원지 코스를 선택했다. 이 코스는 비교적 짧지만 명물 바위들을 만날 수 있는 코스이다.

수락유원지는 계곡을 끼고 있어서 여름철에는 굳이 산행을 하지 않는 사람들도 넘쳐나는 곳이다. 맛집과 바위계곡이 힐링하기에는 딱이다. 그 뒤로 총알구멍이 수없이 나 있는, 한입 베어 먹은 사과를 닮은 사과바위와 대슬랩 코스가 있는데 오랜 세월의 흔적으로 천 길 낭떠러지 아래로 릿지를 하는 사람들도 많이 오르는 코스이다. 지인의 권유로 딱 한 번 참여해봤는데 암벽등반은 아무나 하는 게 아니라는 생각이 들었다. 다시 본론으로 돌아가 수락산 탐방을 시작해보자.

한적한 주말 오후, 혼자만의 등산을 즐겨본다. 수락산은 가까이 있다는 이유로 자주 찾는 산이다. 주로 깔딱고개 코스를 이용했으나 수락계곡을 찾은 것은 느지막이 시작한 산행시간 때문이다.

나무로 만든 계단을 오르면 기분 좋은 오솔길 같은 등산로를 지난다. 약 1㎞를 올라오면 전망대가 있는데 망월사와 사패산을 볼 수 있고, 남양주시 별내면과 의정부시 민락동도 조망된다.

조금 더 오르면 제2전망대가 있고 거기부터는 완만한 산행이 이어진다. 드디어 치마바위에 도착했다. 잠시 치마바위에 앉아 숨고르기를 하고 이어 하강바위, 코끼리바위, 철모바위, 종바위를 향한다. 수락산에는 다양한 바위들이 있는데 코스별로 기차바위, 창바위, 독수리바위, 물개바위도 볼 수 있다. 특히 기차바위는 명물인데 로프를 타고 올라가는 코스이다. 오늘 선택한 코스에서는 아래 바위들을 조망할 수 있다.

치마바위 남근바위 종바위

하강바위 철모바위

종바위는 여러 개의 커다란 바위가 붙어 있는데 그 정상에 아주 작은 코끼리를 닮은 바위가 있다. 미리 숙지하지 않고 가면 지나치기 쉬우니 한 번쯤 선정한 산의 코스별 명물 바위나 전설 같은 것을 검색해보고 가면 좋을 듯하다.

이제 정상에 거의 다 왔다. 데크로 만든 계단을 오르면 바로 수락산 정상인데 오래전에는 정상에서 막걸리를 파는 사람들도 많았다. 최근 수락산에 크고 작은 산불이 계속되면서 법을 제정하고 단속을 해서 이제는 찾아볼 수 없다. 다만 그곳을 지키는 터줏대감 같은 하얀 진돗개 서너 마리가 오가는 산객들이 주는 먹이를 찾아서 머물고 있을 뿐이다

수락산 정상석

정상 태극기

코끼리바위(맨 위 작은 바위)

수락산은 의정부와 국도를 사이에 두고 북한산, 도봉산과 마주하고 있다. 등산을 즐기는 사람들은 불수사도북(불암산, 수락산, 사패산, 도봉산, 북한산) 종주를 하는 것을 하나의 목표로 삼을 만큼 수도권 내에서 유명한 산이다. 앞에서 언급한 바와 같이 수도권에 이렇게 멋진 산들이 있는 것은 참 감사한 일이 아닐 수 없다. 거기에 크고 작은 멋진 기암괴석과 계곡이 함께 어우러져 있으니 더욱 고마운 일이다. 교통도 좋고 멀지 않은 곳에 심신을 달랠 수 있는 곳이 있으니 말이다. 단, 암벽이 많은 곳은 수림이 울창하지 않으니 반드시 모자나 그늘이 될 만한 소품들을 챙길 것을 권유한다.

★ 봄철 산행 시 주의사항 - 우비

고지대의 산을 등산하다 보면 갑자기 소나기를 만나는 경우도 종종 발생한다. 산에서 비를 만나면 옷이 젖어 한기를 느끼고 저체온에 빠지기 쉬우며, 걷기에도 불편하여 필요 이상의 에너지가 소모된다. 최근에는 작게 접어서 휴대하기 간편한 우비가 많이 판매되고 있다. 항상 하나 정도 준비하여 비로 인한 안전사고에 대비해야 한다.

7.

어머니의 품 같은 곳

- 모악산(793.5m)

모악산은 호남 4경의 하나로 1971년 도립공원으로 지정이 되었다. 봄에는 진달래와 철쭉이 유명하며 백제 견훤이 이곳에서 후백제를 일으켰다고 전해진다. 금산사와 대원사, 수왕사 등 국보(제62호 미륵전 높이 11.82m)와 보물(보물 제467호 대적광전, 보물 제24호 혜덕왕사응탑비, 보물 제27호 5층석탑)을 간직하고 있는 산이다. 높지는 않지만 많은 사람들이 즐겨 찾는 명산으로, 오늘은 모안산 관광유원지에서 출발해본다.[4]

모악산 관광유원지 주차장에 주차를 하고 등산용품과 음식점이 있는 입구를 올라가면 민족시인 고은의 시비가 있다. 글에 의하면 자식을 품에 안은 어머니와 같다고 하는데 어머니가 어린아이를 안고 있는 모양의 바위가 있어서 '모악산'이라는 이름으로 불린다고 한다. 산 입구를 약 5분 정도 오르면 선녀폭포와 사랑바위가 나오는데 선녀와 나무꾼이 대원사 백자골 숲에서 사랑을 나누는데 뇌성벽력이 요란하게 울리더니 두 남녀는 돌로 변했고 여기에 치성을 드리면 사랑이 이루어진다 하여 '사랑바위'라 부른다고 전한다.

---

4 Daum백과 『신증동국여지승람(新增東國輿地勝覽)』, 『한국의 산지(山誌)』(건설교통부 국토지리정보원, 2007), 『한국관광자원총람(韓國觀光資源總覽)』(한국관광공사, 1985), 『산(山)』(조선일보사, 1983. 2.), 「전북 모악산의 식생」(김병삼, 원광대학교 석사학위논문, 1998), 「신흥종교취락(新興宗敎聚落)의 발생(發生)과 변천(變遷)에 관(關)한 연구(硏究)」(김상식 외, 『지리학보고』 3, 1984)

모악산 등산로 입구

모악산 시비

선녀폭포와 사랑바위

대원사

수왕사 진목조사전

대체로 완만하고 그늘이 많아 시원한 산길을 걷다 보면 어느새 대원사와 마주한다. 대원사 마당을 가로질러 조금 더 진행하면 계곡을 따라갈 수 있다. 새벽까지 비가 온 탓에 약간은 습하지만 그 이유로 더욱 시원하게 느껴진다. 비가 온 뒤 산속은 매우 습도가 높다. 그렇지만 숲의 향기는 더욱 진하게 와닿고, 솔잎 향기도 더욱 강하게 느껴진다.

어느덧 수왕사를 지나 무제봉에 올라 정상의 송전기지국을 바라본다. 운무에 가려진 송전기지국은 신비스럽기까지 하다. 정상을 오르기 전에 쉰길바위가 있고 바로 앞의 계단을 오르면 전망대가 자리한다. 명산 인증은 정상에 있는 표지목에서 해도 되지만 전망대 앞의 표지석에서도 인증이 가능하다.

정상 표지목(현재는 정상석으로 교체됨)　　송전기지국

전망대를 모악산의 인증장소로 정한 데는 이유가 있다. 송전기지국 안에 위치하고 있는 표지목을 개방하는 시간이 정해져 있기 때문이다. KBS 송신기지국의 정상 개방시간은 오전 9시에서 오후 4시까지이다. 혹시라도 오후 4시 이후에 산을 찾는 경우 정상에 있는 표지목을 촬영할 수 없기에 바로 아래 전망대에 있는 정상 표지석에서 인증촬영이 가능하도록 선정한 것이다.

하산할 때는 금산사 방향으로 가면 새로운 경관을 볼 수 있지만, 자차를 이용해 찾은 까닭에 원점회귀하기로 한다. 모악산의 주변에는 사금광산이 몇 군데 있는데 이 일대는 계룡산의 신도안, 풍기의 금계동과 함께 풍수지리설에 의해 명당이라 하여 좋은 피난처로 알려져 있었다 전한다. 자연경관이 빼어나고 한국 거찰의 하나인 금산사 등 문화유적이 있어 호남 4경의 하나로 꼽힌다. 10월에는 민속축제인 김제 벽골문화제가 열리며 숙박시설과 편의시설 등이 갖추어져 있고 전주와 김제의 중심 시가지에서 금산사까지 버스가 운행되어 교통도 편리하기에 많은 등산객들이 찾는 곳, 모악산에 올라보도록 하자.

★ 봄철 산행 시 주의사항 - 몸이 젖었을 때 대처 요령

갑자기 비를 만나 옷이 젖었으면 신속하게 여벌의 옷으로 갈아입도록 한다. 비에 젖은 옷으로 인해 저체온증이 올 수도 있고 동사로 이어질 수도 있기에 반드시 여벌 옷을 준비하도록 하자. 젖은 옷을 입은 상태로 능선 등을 지나면 바람에 노출이 되기 쉬우므로 심각하게 체온을 빼앗길 수 있기 때문이다. 이럴 때는 비를 피할 수 있는 곳으로 신속하게 이동하고 만약 여벌의 옷이 없다면 과감하게 산행을 포기하는 용기도 필요하다.

8.

청풍호의 웅장함에 빠지다

- 월악산 영봉(1,097m)

월악산은 1984년 12월 31일에 17번째 국립공원으로 지정되었다. 소백산맥에서 충청북도와 경상북도의 경계를 이루는 산이며, 산을 오르면서 볼 수 있는 충주호와 청풍호의 아름다운 경관을 만끽할 수 있는 곳이다. 신라시대에는 영봉 위로 떠오르는 달이 너무 아름다워 월형산(月兄山)이라 불렸으며 고려 초기에는'와락산'이라 불리기도 했다고 전한다. 이는 왕건이 고려를 건국하고 도읍을 정하려 할 때 개성의 송악산과 중원의 월형산이 경쟁하다 개성으로 도읍이 확정되는 바람에 도읍의 꿈이 '와락'무너졌다 하여 붙여진 이름이라 한다. 뿐만 아니라 월악산의 기운을 담아 월광폭포(月光瀑布), 망폭대(望瀑臺), 학소대(鶴巢臺), 수경대(水境臺), 자연대(自然臺), 수렴대 등의 8경과 상봉(上峯)인 국사주봉(國祠主峯)에서의 탁 트인 일망무제의 풍광이 예로부터 유명하였다 전한다. 월악산은 크게 4곳의 등산코스로 나뉘는데 덕주탐방지원센터, 보덕암, 신륵사, 송계탐방지원센터 코스다. 오늘은 네 곳의 코스 중 덕주사에서 출발하여 영봉을 가려고 한다.[5]

원래 계획은 오전 9시쯤 도착이지만 중부고속도로 터널 공사로 하염없이 도로에서 시간을 보내다 오후 1시 넘어서 겨우 덕주탐방지원센터에 도착했다. 센

5 『아름다운 충북의 명산』(출판문화사 일광, 1997), 「한국지질도」-제천 도폭(국립지질조사소, 1967), 「1:50,000 지형도」-영월 도폭(건설부 국립지리원, 1991)

터의 입구에서는 너무 늦었다며 산행을 만류한다. 혹시라도 어두워지거나 하면 바로 하산하겠다며 연락처를 남기고 잰걸음으로 산행을 시작한다. 늦은 가을이라 단풍은 거의 다 내렸지만 월악산 특유의 자연경관이야 어디를 갈까마는 급한 마음에 발걸음은 더욱 빨라진다. 덕주사 코스는 중간에 약한 경사가 있기는 하지만 비교적 완만하다. 다른 코스에 비해 완만한 반면에 좀 길다.

덕주사를 지나 마애불로 가는 길에는 수경대와 학소대가 있는데 맑은 물과 계곡으로 등산객들이 쉬어 가는 장소이다. 커다란 바위가 하나로 이어져 있는 수경대는 월악신사를 설치하고 제천행사를 하던 곳으로 반석 옆 부분에 수경대라고 새겨져 있으며 사철 맑은 물이 흐르고 주변의 노송이 그윽함을 더해주는 절경이기도 하다. 또한 학소대는 절벽을 따라 긴 덕주산성이 자리 잡고 있고 덕주산성 동문과 학소대 위 망월대가 어우러져 일대 장관을 이루는 곳으로 예로부터 학이 서식하고 있다 하여 학소대라고 한다. 덕주사에서 마애불까지는 등산로로, 절을 찾는 사람들은 덕주사까지만 방문하기도 한다. 마애불까지는 등산로이기에 산행하는 마음으로 가야 한다. 마애불 암자는 스님들이 공부를 하는 곳이라 출입은 금지되어 있다.

덕주사 마애불은 신라 진평왕 9년 월형산 월악사로 불렸으나 경순왕의 딸 덕주공주가 이곳에 들러 마애불을 조성하고 산 이름을 월악산, 절 이름을 덕주사, 그리고 골짜기의 이름을 덕주골로 부르게 되었다고 『신증동국여지승람(新增東國輿地勝覽)』에 전한다. 또한 마애불에는 덕주공주가 오빠 마의태자와 함께 망국의 한을 달래며 아버지 경순왕을 그리워했다는 전설도 담겨져 있다.

약 2㎞를 지나면 철계단이 있고 철계단을 오르면 쉼터가 있다. 여기서부터는 완만한 등산로가 이어진다. 약 800m를 진행하면 낙석 예방을 위한 터널 같은 철구조물을 지나고 정상 아래 급경사를 따라 계단이 이어져 있다. 고소공포증으로 아찔한 경관이 이어진다. 드디어 정상이다. 둥근 정상석을 중심으로 올라온 반대 방향은 보덕암 코스이다. 보덕암 코스는 오르는 내내 충주호

수경대

학소대

덕주사 마애불

월악산 정상석

를 보면서 올라올 수 있기에 그 아름다움은 절정에 달한다. 그러나 그만큼 위험하고 아찔한 코스이다.

늦게 시작한 만큼 산에서의 저녁은 일찍 찾아온다. 정상에서 만난 일행들과 서로 인증샷을 찍어주고 간식을 나누고 짧은 담소로 서로의 산행소감을 나눈 뒤 하산길을 서두른다. 급경사의 계단을 내려가면서 아쉬운 듯 몇 컷의 사진을 더 찍으며 안전에 만전을 기하며 하산한다. 정상 쪽은 이미 낙엽이 많이 져서 한두 잎 남은 단풍이 대롱대롱 달려 있다. 하산길은 어둠이 내리기 전에 탐방센터에 도착해야겠기에 마치 뛰는 듯 발걸음을 재촉한다. 정상에서 만난 인연들은 동기들 모임이란다. 그래서 느지막이 내려가서 펜션에 머물면서 한 해 동안 있었던 얘기들을 나누고 담소하는 밤을 가질 거라며 천천히 내려가겠다고 한다. 야간산행은 위험할 수 있기에 안전을 당부한다. 산에서는 처음 만난 사람들과도 금방 친숙해진다. 산을 진정으로 사랑하는 사람이라면 '산'이라는 주제 하나만으로도 정담을 나누기 쉽기 때문이다.

월악산은 크고 험한 산이지만 그 아름다움에 취해 걷노라면 어느새 정상에 도달하게 되고 가는 코스마다 특별한 아름다움에 다음을 기약하게 되는 산이다. 늦게 산행을 시작했지만 이 또한 특별한 인연으로 하여금 아름다운 추억 하나 추가하는 산행으로 기억될 것이다.

월악산은 여름에도 눈이 녹지 않는다는 하설산을 비롯하여 문수봉, 만수봉 등 수려한 산봉우리들이 많고 잣나무가 사계절 푸르며 계곡물이 무더위를 잊게 할 뿐만 아니라 겨울철 쌓인 눈은 신선들이 노닐던 경치라 할 만큼 아름답다. 이로써 동양의 알프스, 제2의 금강산이라 불리기도 한 이곳은 코스에 따라 산불 예방 및 자연휴식년제로 통제되는 구간이 있으므로 등산 계획 전에 국립공원 월악산 사무소 등으로 알아보고 가는 것이 좋다.

★ 봄철 산행 시 주의사항 - 따뜻한 온수 준비

따뜻해졌다고는 하나 산행을 하다 보면 땀이 나고 잠시 휴식하는 시간에 급격히 차가워지는 경우를 한 번쯤은 경험해보았을 것이다. 이때 따뜻한 온수로 차나 물을 마시면 체온이 떨어지는 것을 막을 수 있으며 쉬는 시간에는 가급적 방풍자켓을 입어 체온을 보호해주는 것이 좋다.

9.

관악에서 바라본 서울

- 관악산(629m)

관악산에 오르면 서울을 한눈에 볼 수가 있다. 특히 관음사 코스는 탁 트인 코스로 날씨가 맑으면 63빌딩부터 서달산, 국립현충원, 북한산, 서울타워, 한강과 그 위의 대교들까지 서울의 명품 경관을 조망할 수 있다. 서울 한복판의 아름다운 관악산에 가을이 왔으니 함께 올라보자. 관악산은 교통이 좋아서 대중교통으로도 이동이 가능하며 원점회귀하지 않아도 어렵지 않게 대중교통을 이용할 수 있어서 지하철을 이용하여 출발한다. 사당역에 도착하여 일행과 합류한 뒤 관음사 코스로 이동한다. 관음사 코스에는 큰 숲이 없고 암릉이 많아 한여름에는 뜨거운 햇빛을 피하기 어렵다. 그러나 서울 경치를 한눈에 보고 싶다면 관음사 코스가 제격이다. 관음사를 지나면 서울 둘레길을 시작하는 코스와 등산로를 만나는데 우체통이 서울 둘레길 인증장소이기도 하다. 잠시 일행들과 몸풀기 운동을 끝내고 산행로에 접어든다. 약 30분 정도 오르면 국기봉에 도착하는데 예전에는 암릉을 올라가야 했지만 지금은 계단으로 등산로를 깔끔하게 정비해놓았다. 중간에는 전망대를 만들어 서울 시내를 구경하며 쉴 수 있는 공간을 만들어놓았다.

관음사 코스는 오르고 내림의 연속이다. 마당바위에서 간단하게 준비한 점심을 먹고 암릉과 계단이 연속되는 산행로를 따라 정상을 향해 나아간다. 정상을 앞두고 밧줄에 의지하여 오르는 암릉 코스가 있는데 초보 산객이라면 우회하기를 권유한다. 특히 고소공포증이 있다면 반드시 익숙한 사람과 동행하거나 안전한 방법을 찾아서 올라가야 한다. 서울에 있지만 만만하지 않은 코스이다.

어쨌든 관악산에도 가을이 찾아와 단풍이 들고, 단풍을 담은 연주대는 한 폭의 그림이다. 관악산 정상에는 통신기지국과 기상레이더기지국이 있다. 관악산의 상징같이 우뚝 선 기지국은 외부인 출입이 통제되어 있으며 정상석을 중심으로 우측에 연주대가 있다.

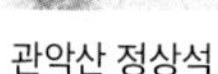
관악산 정상석

연주대

연주대는 기암절벽 위에 석축을 쌓아 지은 암자로 의상대사가 신라 문무왕 17년에 관악사를 건립할 때 함께 건립하였기에 의상대라 불렀다고 한다. 후에 두 가지 전설로 인해 연주암과 연주대로 이름이 바뀌었는데, 하나는 조선 개국 이후 고려에 대한 연민을 간직한 사람들이 이곳에 들러 개성을 바라보며 고려의 충신 열사와 망해버린 왕조를 연모하여 연주대라 불렀다는 것이다. 또 하나는 조선 태종의 첫 번째 왕자인 양녕대군과 두 번째 왕자인 효령대군이 왕위 계승에서 멀어진 뒤 방랑하다가 이곳에 올라 왕위에 대한 미련과 동경의 심정을 담아 왕궁을 바라보았다 하여 연주대라 부르게 되었다고 한다. 어쨌든 두 가지 다 연민을 불러일으킨다는 내용이다. 어찌 되었든 연주대의 주변에는 뛰어난 절경이 펼쳐지고 한눈에 멀리까지 내려다볼 수 있는 곳으로 현재의 건물은 조선 후기에 지어진 것을 최근에 해체, 복원한 것이라 한다. 아름다운 연주대를 뒤로하고 향교 쪽으로 하산한다. 하산하는 길은 단풍이 아름답고, 계곡을 끼고 내려가는 길이라 발걸음도 가볍다. 관악산은 경기 5악산 중 하나로 험준하지만 그 경관이 빼어나고 교통이 편리하기에 사시사철 많은 산객들이 붐비는 곳이다. 기암괴석으로 이어진 8봉 등 수십 개의 봉우리들은 오래된 나무 및 온갖 바위와 어울려 철 따라 변하는 산의 모습이 마치 금강산 같다 하여 소금강(小金剛), 또는 서쪽에 있는 금강산이라 하여 서금강(西金剛)이라 부르기도 한다. 관악산은 1968년 1월 15일 건설부고시 도시자연공원 제34호로 지정된 곳으로, 41종의 조류와 8개의 하천에서 11종의 어류, 7목 44과 78속 83종이 확인되었다. 도심 한가운데 관악산처럼 아름다운 산이 있다는 것은 행운이다.[6]

★ 봄철 산행 시 주의사항 - 산행 중 음주사고

산행 시 체열을 얻기 위하여 간혹 음주를 하는 경우를 볼 수 있는데 이는 현명한 방법이 아니다. 술은 차가워진 혈액을 갑자기 순환시키게 되어 더 많은 체열을 잃게 한다. 이러한 경우 심각하게는 목숨을 위태롭게 할 수도 있기에 체온을 상승시키기 위한 음주는 바람직하지 못하다.

6 『한국(韓國)의 산지(山誌)』(건설교통부 국토지리정보원, 2007), 『한국의 산 여행』(유정열, 관동산악연구회, 2007), 『한국지명요람(韓國地名要覽)』(건설부 국립지리원, 1983), 「남한강분지(南漢江盆地)의 사면경사분석(斜面傾斜分析)과 지형자원(地形資源)」(김우관, 『경배대학교논문집』 32, 1981), 「관악산의 화강암 지형 연구」(유홍식, 『한국지형학회지』 14 · 4, 2007), 관악구청(http://www.gwanak.go.kr/)

10.

굽이굽이 아홉 개의 봉우리를 넘어서

- 구봉산(1,002m)

구봉산은 말 그대로 9개의 봉우리가 이어져 있어서 붙여진 이름이다. 대동여지도에도 구봉(九峰)으로 표기된 것으로 보아 9개의 봉우리에서 유래된 것으로 보인다. 또한 장군봉을 제외한 나머지 여덟 봉우리의 모습이 막 피어오르는 연꽃의 형상을 하고 있어 일명 '연꽃산'이라고 불리기도 한다.[7]

구봉산 중 1봉은 2봉과의 갈림길에서 약 80m 우측 방향으로 올라가야 볼 수 있다. 2봉부터는 좌측에 차례로 있는데 2봉은 봉우리인 듯 아닌 듯, 살짝 숨어 있어서 지나치기 쉽다. 계단 설치 작업 중이라 여기저기 철구조물이 걸쳐져 있어 지나면서 약간 불편한 곳도 있다. 4봉 정자에서 점심 도시락을 먹고 구름다리를 건너 5봉으로 가는데 평소 고소공포증이 있어 살짝 공포심이 느껴졌지만 동행한 일행들의 도움으로 씩씩하게 건널 수가 있었다. 많이 무디어지긴 했지만 아직 높은 곳에서는 다리부터 떨려오는데 쉽게 나아지지는 않는 것을 보면 시간이 필요한 듯하다.

---

7 진안군청(http://www.jinan.go.kr/), 『한국 지명 총람』 12(김정길, 한글학회, 1981), 『진안군 향토문화 백과사전』(진안군 · 진안문화원, 2004), 「사회적 영향에 의한 지명 변화의 원인과 과정: 전북 진안군 지명을 사례로」(조성욱, 『한국 지역 지리 학회지』 13-5, 한국 지역 지리 학회, 2007)

1봉([illegible])

2봉(720m)

3봉(728m)

4봉(752m)

5봉(742m)

6봉(732m)

7봉(740m)

8봉(780m)

조금은 밋밋한 6봉을 지나 살짝 바위가 있는 7봉, 그리고 구봉산의 꽃인 8봉에 도착했다. 이제 9봉까지 얼마 남지 않았을 거라 생각했는데 의외로 숨바꼭질을 하는 느낌이 든다. 도착했나 싶으면 다시 올라가야 하고, 끝인가 싶으면 다시 돌아가야 한다. 계곡 방향 계단의 단풍은 '진짜 가을이구나!' 싶게 어여쁘고 환상적이다. 9봉으로 오르는 길은 급경사에 공사 중이라 정신이 없다. 아마도 다음에 올 때는 말끔하게 정리된 산행로를 볼 수 있을 것이다.

현수교

구봉산 정상석

드디어 9봉 정상에 도착. 인증사진을 찍고 단체사진도 촬영 후 8봉 쪽에서 하산하였다. 하산길에 펼쳐진 때늦은 단풍도 너무 아름다워 폰으로 찰칵 가을을 담고, 푸른 조릿대나무 숲도 사진으로 담고, 막간을 이용하여 계곡물에 발도 담가본다.

저수지에 도착할 때는 물에 비친 산이 너무 환상적이다. 마치 한 폭의 그림처럼 아름답다. 9봉을 오르며 힘들었던 것도 어느새 다 잊히고, 뒤돌아보면 그저 아스라이 멀어지는 구봉산의 전경이 병풍처럼 펼쳐진다. 멀리 보이는 시골 교회도 정감 있고, 보이는 곳마다 사진에 담으며 하산길을 마무리할 즈음 뒤돌아보니 큰 구름다리와 작은 구름다리가 멀리 한눈에 보인다. 구봉산 전체가 시야에 들어오니 그냥 지나칠 수 없어 다시 폰을 들고 구봉산을 담아본다.

구봉산 주차장에서부터 9봉 정상까지 아기자기하게 펼쳐진 크고 작은 봉우리들 중 약간의 암릉으로 가파른 7~8봉은 목재 데크 전망대와 파노라마 데크를 설치하였으며, 스릴 만점인 100m 정도의 구름다리를 통과하면서 내려다보는 구봉산의 경관은 정말이지 그만이다.

늦가을에 떠난 구봉산을 뒤로하고 아쉬운 마음으로 훗날을 기약하며 구봉산과 작별하고 동행한 이들과 막걸리 한잔에 구봉산의 추억을 담는다.

★ 봄철 산행 시 주의사항 - 당분이 있는 간식 준비

건조해진 날씨와 급격한 온도차이로 인하여 많은 에너지를 필요로 하는 계절이다. 당연히 산행에서는 더 많은 에너지를 필요로 하게 되는데 이때 이동하면서 먹을 수 있는 당분이 많은 간식, 즉 초코바나 사탕 등은 에너지원으로 훌륭한 간식이 될 수 있다.

11.

곰소의 짜디짠 인생을 느끼며

- 내변산 관음봉(424m)

변산은 외변산과 내변산으로 구분하는데 외변산은 바다를 따라 이어지는 쪽을 말하며, 특히 기암괴석으로 이루어진 채석강의 경관은 일품이다. 내변산은 변산 안쪽 부분으로 산악지대이며 직소폭포 코스와 내소사 코스로 나뉘는데, 개인적으로는 지난 8월에 직소폭포 코스를 오르다 포기하고 다시 내소사 코스로 올라 완등한 산이다.

직소폭포는 변산 최고의 절경으로 손꼽히는 곳이다. 9월 초에 내소사 코스를 방문하면 내소사 입구 일주문부터 꽃무릇을 많이 볼 수 있고, 내소사의 오래된 단풍나무와 약 700년 된 할아버지 느티나무 등 다른 곳에서는 볼 수 없는 아름다움을 만끽할 수 있다. 내소사로 오르는 길은 살짝 지루하지만 다행스럽게 계절을 잘 맞춰서 단풍이 곱다. 단풍나무의 고운 빛깔이 계속 이어

내변산 정상석

져 지루할 틈을 주지 않는다. 직소폭포 코스는 호수를 따라 산행길이 있어 강가를 걷는 것처럼 한참 갈 수 있어 대부분의 사람들은 그쪽 코스를 선호한다. 마당바위까지 오르니 단풍은 거의 떨어지고 훤히 보이는 나뭇가지 사이로 관음봉이 조망된다. 관음봉 아래는 암릉 구간이고 바위는 물기가 있어 미끄럽다. 자칫 잘못하면 낙상할 우려도 있기에 더욱 조심스럽게 진행한다. 홀로 산행에 행사 후 늦은 산행이라 산객이 보이지 않는다. 은근 슬쩍 무서운 생각도 들지만 정상이 코앞이라 멈출 수는 없다. 아자 아자 힘내자! 드디어 정상에 올랐는데 아무도 없다. 인증을 해야 하는데 셀카봉도 없고 어쩌지! 우선 허기진 배를 채워야겠다. 싸 와서 챙겨온 김밥을 먹고 커피 한잔을 마신다. 정상에서 조망되는 외변산 해안에 지는 햇빛이 눈부시다. 잠시 정상에서 조망되는 경관에 빠져 있는데 어디선가 두런두런 사람 소리가 들리더니 중년의 커플이 올라온다. 인증을 위한 사진을 부탁하고 품앗이 사진을 찍어주고 잠시 담소를 나누고 함께 하산한다.

내변산의 중심은 변산반도 최고봉인 의상봉이며, 남서쪽의 쌍선봉과 낫고대, 월명암, 봉래구곡, 직소폭포 등 조선 8경 또는 호남 5대 명산 중의 하나로 알려져 있다. 변산의 산과 골짜기는 대부분 400~500m 정도로 나지막한 편이지만 기묘한 심산유곡으로 그 아름다움이 널리 알려져 있으며 낙조대에서의 월명낙조는 변산의 풍경 중 으뜸이라고 전한다.[8]

내변산의 아름다움을 더욱 만끽하려면 9월 중순쯤 방문하여 아름다운 내소사의 단풍과 외변산을 함께 즐기기를 추천한다.

★ 봄철 산행 시 주의사항 - 고글 및 멀티마스크

바람이 많이 불기 시작하는 계절이다. 특히 고산지대의 바람은 생각보다 치명적이며 바닥에 쌓인 눈에 반사된 빛은 생각보다 눈에 피로감을 많이 주게 된다. 뿐만 아니라 고글과 멀티마스크는 산행 시 나뭇가지 등으로부터 눈을 보호하는 데도 유용한 소품이다.

8 변산반도국립공원(http://byeonsan.knps.or.kr/)

12.

편백나무의 향기 따라

- 축령산(621m)

장성 축령산은 해발 621m로 많이 높지는 않지만 편백나무 자연휴양림으로 잘 알려져 있어 많은 관광객들이 찾는 곳이다. 치유의 숲으로 산책길이 잘 조성되어 있으며 울창한 편백나무 숲을 지나면 멋스러운 편백나무의 향이 은은하게 흐른다.

편백나무 숲은 완만하여 오르기가 쉽고 쭉쭉 뻗은 편백나무를 감상하며 그 향기에 취해 걷다 보면 급경사와 마주한다. 약 500m 정도의 급경사를 오르면 2층짜리 아담한 팔각정이 자리 잡고 있는데 그 팔각정에 올라 장성군을 바라보면 어느새 이마의 땀방울도 시원한 바람에 말라버리곤 한다.

축령산은 나지막하지만 편백나무 숲이 뿜어내는 피톤치드로 인해 삼림욕장으로 많이 알려져 있다. 겨울이면 푸른 편백나무에 덮인 눈이 더욱 하얗게 빛나며, 약 3㎞ 정도의 편백나무 숲길은 천천히 걸어도 채 1시간이 걸리지 않는다. 편백나무의 피톤치드는 일반 소나무에 비해 약 3배 정도라고 하니 힐링하는 데 이만한 장소가 또 있을까! 이 편백나무는 독립운동가였던 춘원 임종국 선생이 1956~1989년까지 34년간 심혈을 기울여 축령산 일대에 삼나무 62ha, 편백 143ha, 낙엽송 및 기타 55ha를 조림하여 벌거벗었던 산록을 늘 푸르게 한 전국 최대 조림성공지이다. 현재는 수고 약 20m, 경급 약 40㎝의 임목이 빽빽이 들어서 있어 국민의 보건휴양 및 정서 함양을 위한 야외휴양공간을 제공

함과 동시에 쾌적하고 편리한 자연교육장으로 역할을 다하고 있다. 특히 침엽수림에서 방출되는 피톤치드는 심신을 맑게 하여 안정을 가져오며, 인체의 심폐기능 강화로 기관지 천식, 폐결핵 치료에 많은 도움을 준다.[9]

축령산 정상석

정상 팔각정

코로나19로 인하여 외출할 때면 반드시 마스크를 착용하고 나가야 하는 요즘 자주 생각나는 축령산의 편백나무 숲은 미세먼지와 감염성 질환으로 각박해진 현대인들에게 반드시 필요한 공간이 아닌가 싶다. 은은한 향기가 가득한 축령산의 편백나무 향이 유난히 그리운 요즘이다.

★ 봄철 산행 시 주의사항 - 하산길 복사면 주의

따뜻해진 날씨에 얼었던 등산로가 녹기 시작하면서 급경사에서 미끄러져 안전사고에 노출되는 일이 종종 발생하곤 한다. 특히 얼었다 녹으면서 낙하하는 암벽의 바위들도 조심해야 하며, 치명적인 사고로 이어질 수 있기에 언제나 대비해야 한다.

9 장성 문화관광(http://tour.jangseong.go.kr/)

13.

가을 향기 가득한 단풍 숲에서

- 내장산 신선봉(763m)

1971년 11월 17일 자로 백암산과 함께 국립공원으로 지정된 내장산은 단풍이 곱기로 유명하다. 다양한 등산코스가 있으며 봄에는 벚꽃, 여름에는 짙은 녹음, 가을에는 붉게 타오르는 단풍, 겨울에는 백설 같은 설경으로 사시사철 산객이 끊이질 않는 곳이다. 시간이 넉넉지 않은 관계로 이번 산행은 '대가'라는 동네에서 출발했다. 대가에서 출발하는 코스는 정상까지 급경사다. 낙엽이 많이 쌓여 있어 한 걸음 올라가면 반 걸음 뒷걸음질 친다. 산 아래쪽에는 단풍이 조금 남아 있지만 위로 올라갈수록 앙상한 나뭇가지 사이로 보이는 파란 하늘이 그나마 위안이 된다. 특별할 것 없는 산행코스지만 짧아서 그런지 제법 많은 산객들을 만날 수 있다. 아마도 좋은 날씨로 집 안에 있기에는 아까운 가을 탓일 게다.

내장산 케이블카

내장산공원 팔각정

명품 소나무 아래에서 잠시 휴식을 취하며 뉘엿뉘엿 지는 해를 바라본다. 맞은편 하늘은 아직도 눈부신 파란 빛에 새하얀 구름이 가을이라는 것을 되새겨준다. 어느새 정상이다. 짧지만 급경사인 이 코스는 나처럼 일정이 빠듯한 상황에 그래도 산을 잊지 못하는 산객들이 선호하며 즐겨 찾는 코스이다. 이듬해 내장산을 다시 찾아 케이블카를 타고 내장산의 단풍을 만끽한다. 몇 장의 사진으로 다시 찾은 단풍을 공유해본다.

신선봉에서 바라보는 내장산은 시선이 머무는 곳마다 절경이다. 기암괴석으로 이어지는 서래봉 일대는 신비스럽기까지 하다. 노령산맥으로 이어지는 신선봉을 중심으로 월령봉(420m), 서래봉(580m), 불출봉(610m), 망해봉(640m), 연지봉(蓮池峰, 671m), 까치봉(717m), 연자봉(675m), 장군봉(將軍峰, 696m)의 내장구봉이 말발굽처럼 분포하여 호남 5대 명산의 하나이며 조선 8경의 하나로 불린다. 또한 백제 무왕 37년에 영은조사가 세운 내장사와 임진왜란 때 승려들이 쌓았다는 동구리 골짜기의 내장산성, 금선폭포, 용수폭포, 신선문, 기름바위 등이 내장산의 명소로 손꼽힌다.[10] 각각의 봉우리마다 특성이 있고 칼날바위와 기암괴석으로 이루어진 내장산은 암릉 구간이 많기에 여름철에는 각별한 준비가 필요하다.

내장산 정상석(신선봉)

10 『한국(韓國)의 산지(山誌)』(건설교통부 국토지리정보원, 2007), 내장산국립공원(http://naejang.knps.or.kr/)

코스에 따라 녹음이 짙은 곳이 있는가 하면 암릉 구간도 많은 산이라 그늘을 만들 만한 소품이 반드시 필요한 곳이다. 내장산은 원래 영은사의 이름을 따서 영은산(靈隱山)이라고 불렸으나 산 안에 숨겨진 것이 무궁무진하다 하여 내장산(內藏山)이라 불리게 되었다 전한다. 현재 내장산국립공원에서 특별보호구로 지정, 보호하고 있는 곳은 총 5개 구간으로, '원적계곡(유형: 야생식물 군락지, 규모: 400㎡, 시행목적: 중요 야생식물 군락지보호, 시행기간: 2026년까지)', '내장동일원(유형: 야생식물 군락지, 규모: 900㎡, 시행목적: 중요 야생식물 군락지보호, 시행기간: 2026년까지)', '새재갈림구~남문, 은선굴(유형: 계곡, 규모: 35,000㎡, 시행목적: 계곡오염방지 및 생태계보호, 시행기간: 2026년까지)', '일광정~용수폭포 일원(유형: 야생식물 군락지, 규모: 150㎡, 시행목적: 중요 야생식물 군락지보호, 시행기간: 2027년까지)', '자하동골일원(유형: 야생식물 군락지, 규모: 70,000㎡, 시행목적: 중요 야생식물 군락지보호, 시행기간: 2027년까지)'이다.[11]

★ 봄철 산행 시 주의사항 - 또 하나의 필수품, 장갑

산행에서 빼놓지 말아야 할 소품 중 하나가 장갑이다. 특히 봄철에는 더욱 그러하다. 녹기 시작한 급경사를 걷다 보면 미끄러지는 일이 많다. 그때 하체로 오는 충격을 완화하기 위하여 자신도 모르게 땅을 짚기 마련인데 이때 다쳐서 생각보다 후유증이 많이 남는 곳이 바로 손바닥이다. 그 충격을 완화시켜 손바닥을 다치지 않게 하고 감염의 우려를 예방하기 위하여 장갑은 반드시 착용하는 것이 좋다.

11 『내장산국립공원일대종합학술조사보고서(內藏山國立公園一帶綜合學術調査報告書)』(한국자연보존협회, 1974)

14.

만추를 담다

- 백암산 상왕봉(741.2m)

내장산과 맞닿은 국립공원 백암산은 백학봉과 상왕봉, 사자봉 등의 기암괴석이 어우러져 있으며, 특히 가을철 단풍은 내장산 못지않게 아름다워 백양사 코스를 통해 많이 찾는 산이다. 약수동계곡을 끼고 올랐다가 학바위로 내려오는 코스는 단풍 터널을 뚫고 지날 수 있는 명품 코스이다. 비자나무와 조릿대가 그 푸르름을 한껏 자랑하는 장성 백암산을 최단코스를 통해 함께 올라보자.

구암사 주차장에 도착하니 명품 은행나무의 노란 나뭇잎이 땅바닥을 뒤덮고 있다. 아직은 조금 남아 있는 단풍이 그 아쉬움을 달래준다. 구암사는 넉넉한 인심에 주차장도 무료일 뿐 아니라 제법 규모도 넓어 그늘을 찾아서 주차를 하고 구암사 옆길로 나 있는 등산로로 발길을 돌린다.

구암사 은행나무

백암산 정상

처음부터 계속 급경사가 이어진다. 물기가 가득한 등산로는 미끄럽기 짝이 없고 갈림길이 나올 때까지 약 30분을 힘겹게 올라간다. 갈림길에서 헬기장까지는 약 5분 정도 걸리는데 여기서부터는 짙은 초록빛 조릿대 숲이 이어진다. 능선을 따라 조릿대 오솔길을 걷다 보면 어느새 정상이 코앞이다. 정상을 앞두고 약 400m는 나뭇잎이 많아 발이 푹푹 빠지는데 푹신한 것이 융단을 깔아놓은 것 같다.

낙엽은 쿠션은 있으나 오르막에서는 그다지 도움이 되지 않는다. 계속 미끄러지기 때문에 올라간 것보다 미끄러져 내리는 게 더 많은 듯하다. 느린 속도에도 기어이 정상을 오르고야 말았다. 상왕봉에서 바라보는 하늘은 또 어쩌면 그렇게 푸른지, 이 맛에 힘들어도 또 산을 오르게 되는 건 아닐까. 상왕봉에서는 사자봉, 장자봉, 방장산, 시루봉, 갓바위, 정읍사가 조망된다. 바스락거리는 낙엽 소리를 들으며 하산하는 길은 백암산의 여운을 담기에 충분하다. 구암사 주차장에 도착하니 아직도 제법 해가 남아 있다.

구암사의 은행나무는 약 600년 된 것으로 무학대사가 구암사를 방문했던 날을 기념하고 조선왕조와 제자인 태조의 안녕을 기원하는 뜻에서 심었다고 전한다. 구암사의 유래는 사찰 동쪽 지점에 숫거북 모양의 바위가 있는데 대웅전 밑에는 암거북 모양의 바위가 있어 구암사로 불렀으며 신령스런 거북 모양을 닮았다 하여 영구산이라고도 한다고 전한다. 백암산의 최단코스인 이곳은 11월, 또는 12월 즈음 산불방지 기간으로 통제가 되기도 하기에 만약 이 시점에 산행계획을 세웠다면 잘 알아보고 선정하는 것이 좋을 듯하다.

★ 봄철 산행 시 주의사항 - 알레르기에 주의

봄철 산행 시 놓치기 쉬운 것이 바로 꽃가루로 인한 알레르기다. 특히 송화가루에 예민한 경우 봄철 산행은 매우 힘겨울 수 있는데 꽃가루 알레르기가 있다면 이에 대비하는 습관이 필요하다. 특히 봄철에는 버섯과 독초들도 많이 돋아나는데 가급적 긴팔과 모자 등으로 피부를 노출시키지 않는 것을 권유한다.

하늘과 산 그리고 자전거를 타는 사람들

- 방장산(743m)

방장산은 '산이 넓고 커서 백성을 감싸준다'라는 의미로 중국의 삼신산을 본떠 금강산을 봉래산, 지리산을 방장산, 한라산을 영주산으로 불렀다. 호남지역에서는 방장산, 무등산, 지리산을 삼신산으로 불렀는데 전라북도는 변산을 1봉래, 방장산을 2봉래, 두승산을 3영주로 삼신산으로 하였다. 예전에는 산이 높고 장엄해서 절반밖에 오르지 못한다 하여 반등산이라고도 했는데 조선 인조 때 중국 삼신산의 하나인 방장산을 닮았다 하여 방장산으로 고쳤다 한다. 또한 방장산은 일제강점기에 일본인과 임진왜란 때 조선을 지원 나온 명나라 이여송 장군이 방장산의 신령스럽고 수려한 산세를 보고 큰 인물이 나올 것을 우려해 쇠말뚝을 박은 곳으로 1995년 쇠말뚝 제거작업을 폈으나 정확한 위치를 찾지 못하고 제거에 실패하기도 하였다. 방장산 코스는 크게 양고살재 코스와 장성갈재 코스가 있으며 두 곳 모두 5시간 내외인데 이번에는 상원사에서

방장산 정상석

출발하여 방장산을 올라보기로 한다.

상원사 코스는 MTB 자전거 코스와 패러글라이딩 활강장으로도 유명하다. 이 코스는 짧은 코스이니만큼 경사가 심하다. 오봉을 조금 지나면 억새봉이 나오는데 억새봉은 패러글라이딩 활강장이기도 하지만 MTB 자전거를 타는 사람들이 시작하는 곳이기도 하다. 억새봉에는 안전한 방장산 산행을 기원하는 시산제 제단도 있다. 여기까지는 차량으로도 이동이 가능하지만 산악인으로 차량을 이용해 여기까지 올라오는 것은 의미가 없다고 본다. 한 발 한 발 오르면서 생각을 정리하고 정상을 향해 나아가는 것은 또 다른 성취감이 아닐까. MTB 자전거를 타는 사람들을 보며 잠시 휴식을 취한 후 다시 정상을 향해 나아간다. 패러글라이딩 활공장과 고창고개를 지나 방장산 정상으로 올라가는 코스는 크게 난코스는 없으나 긴 능선으로 약간은 지루한 감도 있다. 드디어 정상이다. 명산 인증을 위해 인증샷을 하고 바라보는 쓰리봉 능선이 조망되며 날씨가 좋은 날에는 멀리 서해바다가 조망되며, 무등산도 보인다고 한다.

방장산의 코스 중 양고살재에는 특별한 유래가 있다고 하는데 수원의 광교산 전투에 참가한 고창 출신 박의 장군이 청나라 누르하치의 사위인 적장 양고리를 사살한 것을 기념하기 위해 붙은 이름이라고 한다. 아픈 역사의 사실을 간직한 방장산에는 그 외에도 수심이 깊어 용이 승천했다는 용추폭포가 흐르며, 천년 고찰인 상원사도 있다. 좋은 가을날 방장산을 통해 15번째 명산 인증을 마무리한다.

★ 봄철 산행 시 주의사항 - 자외선 차단

겨우내 차가웠던 날씨에 따뜻한 봄 햇살은 매우 유혹적이다. 그러나 일상에서 충분히 받지 못하던 자외선에 갑자기 노출이 된다면 피부 손상을 우려하지 않을 수 없다. 자외선을 차단하기 위하여 선크림 등도 꼼꼼히 발라주면 좋을 것이고 모자도 자외선 차단에 매우 큰 효과를 볼 수 있다. 모자는 나뭇가지 등으로부터 얼굴을 보호하기도 하기에 가급적 착용하는 것을 권한다.

16.

은행나무의 꿈

- 용문산(1,157m)

용문산은 용문사의 커다란 은행나무가 유명한데 수명은 약1,100년쯤 된다. 가을이면 이 은행나무의 노란 빛이 멀리서도 눈에 띌 만큼 큰 아름드리 나무로 높이 42m, 둘레 약 15.2m로 우리나라 은행나무 중 가장 높고 오래된 나무이며 매년 약 350kg의 열매를 맺는다고 한다. 또한 천연기념물 제30호로 의상대사가 짚고 다니던 지팡이를 땅에 꽂았더니 뿌리를 내리고 나무가 되었다고 하고, 신라의 마지막 태자였던 마의태자가 나라를 잃은 슬픔을 안고 금강산으로 가는 길에 심었다고도 전한다. 뿐만 아니라 나라에 재앙이 있으면 용문사 은행나무가 소리를 내어 알려준다고 하는데 조선 고종이 세상을 떠났을 때 큰 가지 하나가 부러져 떨어졌으며 정미의병 때 일본군이 용문사에 불을 질렀으나 용문사 은행나무만 타지 않고 살아남아 '천왕목'이라고도 불린다고 한다.[12]

용문사 은행나무를 지나쳐 계곡을 따라 오르면 맑은 물이 흐르는 곳을 볼 수 있고 조금 가다 보면 마당바위가 나오는데 집 마당처럼 넓고 평평하여 '마당바위'라 한다. 약 3m 높이에 19m의 둘레로 제법 넓어 오가는 산객들의 훌륭한 쉼터가 되고 있다. 아직은 살짝 눈이 덮인 용문산은 바람이 차다. 처음에

12 용문사 은행나무 안내문

는 쌀쌀하게 느껴지던 바람이 어느새 땀으로 범벅이 되었다. 용문산은 차돌 같은 바위에 모가 나고 날카로운 암릉 구간이 있다. 넘어지거나 미끄러질 경우 자칫 큰 사고로 이어질 수도 있는 구간이다. 어느덧 정상에 오르니 바람이 세차게 불어온다. 아직 겨울옷을 벗지 못한 용문산의 정상은 인증 수건을 바로 들지 못할 만큼 바람이 거칠다.

용문사 은행나무

용문산 정상석

용문산 정상에는 KT 송신기지국이 있고 그 영향으로 등산로는 계단으로 잘 정비해놓았다. 정상에는 전망대와 아담한 정자도 만들어 큰 그늘이 없는 용문산 정상에서 식사도 할 수 있도록 정비해놓았다. 정상석 옆에는 노란 은행나무의 조형물이 함께 있어 누가 보아도 용문산인 줄 알 것 같다. 준비해 온 주먹밥을 점심으로 먹으며 동행한 이들과 담소를 나눈다. 차가운 바람에 따끈한 커피는 두말할 것 없이 꿀맛이다. 느긋하게 출발한 탓에 하산이 끝나니 어느덧 해가 저문다.

용문산은 원래 미지산(彌智山)으로 불렸으나 조선 태조에 이르러 용문산으로 불렸다고 전한다. 경기도에서는 화악산과 명지산 다음으로 고도가 높은데 산음자연휴양림과 설매재자연휴양림이 있어 더욱 많은 관광객이 찾는 곳이다.

★ 여름철 산행 시 주의사항 - 일사병 및 열사병 주의

여름이 되면 그늘을 찾아 계곡이 있는 곳으로 산행을 하는 경우가 많다. 이때 햇빛이 뜨겁기 때문에 오랜 시간 지속적인 산행보다는 30분 산행, 5분 휴식 등 시간을 정해서 산행을 하면 좋다. 또한 햇살이 가장 뜨거운 12~15시는 가급적 피하는 것이 좋으며 급격한 피로감을 주지 않도록 시간적 여유를 두고 산행계획을 잡는 것이 안전의 기본이다.

17.

대한민국 최남단에서

- 한라산(1,947.3m)

남한에서 가장 높은 산으로 제주도 전역을 지배한다. 한라산이라는 이름은 산이 높아 산정에 서면 은하수를 잡아당길 수 있다는 뜻이며 예로부터 부악, 원산, 선산, 두무악, 영주산, 부라산, 혈망봉, 여장군 등으로도 불려왔다.

동국여지승람에는 1002, 1007년에 분화했다는 기록과 1455, 1670년에 지진이 발생하여 큰 피해가 있었다는 기록이 남아 있다. 한라산 정상에는 지름이 약 500m에 이르는 화구호인 백록담이 있으며, 360여 개의 측화산, 해안지대의 폭포와 주상절리, 동굴과 같은 화산지형 등 다양한 지형경관이 발달했으며 난대성기후의 희귀식물이 많고 해안에서 정상까지 다양한 식생 변화와 경관이 수려하여 세계적인 관광지로 발전할 수 있는 자원을 갖추고 있어 1970년 3월 24일 한라산국립공원으로 지정되었다.[13]

한라산 등산코스는 성판악 코스와 관음사 코스가 있다. 관음사 코스는 거리는 짧지만 오르막길이 많아 시간이 더 소요가 되는 반면에 경치가 매우 아름다운 코스이고 성판악 코스는 완만하긴 하지만 길다. 우리는 성판악에서 관음사 쪽으로 코스를 잡는다. 진달래 대피소는 통과시간이 정해져 있기에 새벽부터 일찌감치 나선다. 1월 초라 멋진 설경을 기대하였으나 오히려 가을 하

13 Daum백과

늘처럼 맑고 푸른 하늘이 눈부시다. 완만한 등산로를 오르다 보면 100m마다 높이를 적은 표지석이 있다. 1400m를 오르니 진달래 대피소가 나온다. 12:00 이전에 통과해야 정상 탐방이 가능하다는 표지판도 눈에 띈다. 진달래 대피소에서 너무 늦으면 정상에서 오래 머물 수 없기에 간단하게 간식을 먹고 다시 발길을 옮긴다. 구상나무 숲이 펼쳐지면서 멋지다는 말이 연신 터져나온다.

해발 1,600m까지 오르니 주목들이 우거져 있고 고사목이 많은 것이 이는 수명이 다한 것이 아니라 기후변화에 적응하지 못하고 말라 죽어간다는 것이다. 최저기온 상승 등 지구온난화에 따른 기후변화가 구상나무 고사의 가장 큰 원인으로 꼽히고 있다. 겨울철 적설량 감소와 봄철 이상 고온이 맞물리면서 수분 부족으로 구상나무가 고사하고 있다는 것이 가장 유력한 분석이다. 구상나무는 세계자연보전연맹(IUCN) 국제멸종위기종 목록에 포함되어 있지만, 국내에서는 아직 환경부의 멸종위기종으로 지정되어 있지는 않은데 안타까운 일이 아닐 수 없다.[14]

한라산 정상석과 표지목

백록담

정상에 오르니 평일인데도 불구하고 사람들이 많다. 백록담은 물이 없고 약간의 얼음만 있을 뿐인데 총 둘레 약 3㎞, 동서 길이 600m, 남북 길이 500m인 타원형 화구이다. 신생대제3·4기의 화산작용으로 생긴 분화구에 물이 고여 형성되었으며, 높이 약 140m의 분화벽으로 사방이 둘러싸여 있다. 백록담이라는 이름은 옛 신선들이 백록주를 마시고 놀았다는 전설과 흰 사슴으로 변한 신선과 선녀의 전설 등에서 유래했다고 한다. 다른 한라산의 기생화산들은 분석으로 이루어져 있어 화구에 물이 고이지 않는데 비해 백록담에는 물이 고여 있다. 과거에는 1년 내내 수심 5~10m의 물이 고여 있었으나 담수능력이 점점 떨어져 수심이 계속 낮아지고 있으며 바닥을 드러내는 날도 많아지고 있다. 물의 일부분은 땅 밑으로 복류한다. 한라산의 정점으로 백록담에 쌓인 흰 눈을 녹담만설이라 하여 제주10경의 하나로 꼽았으며, 멀리 보이는 경관과 아

름다운 경치로 유명하다.[15]

한라산 정상에서도 일정 시간이 되면 하산하라는 방송이 흘러나온다. 관음사 방향으로 하산을 시작한다. 관음사 방향의 시작도 멋진 구상나무의 경관으로 시작한다. 하산길은 왕관바위와 북벽, 장구목 능선은 그야말로 탄성을 자아내기에 충분하다. 처음 관음사 코스를 찾았을 때에는 계단이 없었는데 지금은 계단으로 산행로가 정리정돈이 잘 되어 있다.

왕관바위

용진각 현수교

삼각봉

구린굴

15 Daum백과

삼각봉 대피소는 수리 중이라 사용할 수가 없었고, 사람이 없는 대피소는 을씨년스럽기까지 하다. 삼각봉 대피소도 12시를 기준으로 통과해야 한다는 문구가 적혀 있다. 그러나 삼각봉 대피소에서 바라보는 삼각봉은 한라산의 웅장한 모습을 다시 한번 느끼게 해주었다. 그래도 겨울이라 암릉 구간에서 보이는 얼음기둥도, 계곡 따라 움푹 패인 구린굴도 한라산만의 특이한 바위들로 이루어져 있다. 구린굴은 우리나라 용암동굴 중 가장 높은곳에 위치하고 있고, 황금박쥐라고 부르며 멸종위기 1급으로 분류되는 붉은 박쥐가 서식한다고 알려져 있다. 설명에 따르면 길이 442m, 입구 너비는 3m로 얼음을 저장하는 석빙고로 활용하기도 했다고 한다. 탐라계곡을 따라 내려오는 길은 좀 지루하다. 햇빛이 잘 비치는 성판악 코스보다 얼음이 많아 아이젠을 끼고 산행을 하니 무게감으로 에너지소비가 더 많은 듯하다. 성판악에서 관음사까지 종주하고 관음사 관광지원센터에 도착하니 날은 저물었다. 차가 있는 성판악 관광지원센터까지는 버스를 이용해 이동하는데 자차를 이용할 경우 만약 종주를 할 계획이라면 교통편에 대한 것도 염두에 두어야 한다.

18.3km라는 긴 거리를 동행한 이들 모두 낙오 없이 무탈하게 종주를 하게 되어 감사한 마음으로 한라산 산행을 마무리한다.

★ 여름철 산행 시 주의사항 - 충분한 수분 섭취

여름 산행 시에는 열이 발생하고 체온이 상승하며 이로 인하여 체온조절을 위해 땀 분비가 증가하는데 이때 소비된 수분만큼 충분히 수분을 보충해주지 않으면 탈수증이 나타날 수도 있다. 수분 섭취는 전해질 보충을 위해 생수보다 당분이 적은 이온음료나 차가운 음료보다 미지근한 음료가 좋다. 특히 목이 마를 때까지 기다리기보다는 틈틈이 수분을 보충해주는 것이 탈수증 예방에 도움이 된다.

가노라 삼각산아 다시보자 한강수야

- 북한산 백운대(835.6m)

북한산과 도봉산 일대 78.5㎢는 1983년에 북한산국립공원으로 지정되었으며 한반도 서부, 서울과 경기도 북부에 솟아 있는 명산으로 높이는 835.6m이고 서울시 주변에서 가장 높다. 주봉인 백운대를 중심으로 북쪽 인수봉은 릿지를 하는 사람들이 많이 찾는 곳이며, 남쪽 만경대와 함께 3봉이 삼각형으로 놓여 있어 삼각산이라고도 한다. 북서쪽 능선에는 조선 숙종 대에 쌓은 북한산성이 있으며 대동문, 대서문, 대남문, 대성문, 보국문 등이 남아 있다. 화계사를 비롯해 유서 깊은 사찰들과 많은 유물 및 유적이 있는 곳으로 최근 12성문을 완주하면 인증증서도 발급해준다. 가깝다는 이유로 미루다 홀로 찾은 북한산에서 오래전 알고 지내던 직장 지인도 만나 따뜻한 차 한잔 나누는 행운도 누렸다.

느지막이 해가 중천에 떠올랐다. 겨울인데도 햇살은 따스하니 하루를 그냥 보내기 아까워 북한산으로 출발한다. 늘상 가까이 있어도 그 감사함을 모르다가 100명산 등반을 시작하면서 수도권의 명산에 대한 감사함을 느낀다. 북한산은 자주 다녔지만 오늘은 인증을 위해 가는 것이다. 홀로 산행이라 가벼운 마음으로 최단코스를 선택했다. 북한산은 다양한 코스가 있는데 코스마다 특별한 볼거리가 있어 새롭다.

완만한 초입의 북한산을 걷다 보면 북한산국립공원 산악구조대센터를 지나고 센터 뒤쪽의 포토존에서 인수봉을 맞는다. 인수봉은 하나의 커다란 바위로 만들어진 봉우리로 릿지를 즐기는 산객들의 놀이터이다. 간혹 추락사고도

인수봉

백운 대피소

백운의 혼(국가보훈처 현충시설)

일어나 각별한 주의를 필요로 하는 곳으로, 고소공포증이 있는 내 입장에서는 그저 상상만으로도 그 위험에 두려움이 앞선다. 계곡을 따라 조금 급경사가 시작되고 급경사를 지나면 백운 대피소가 나온다. 백운 대피소는 관리 문제로 존폐위기에 놓였었는데 우리나라 최초의 산장으로 역사적 가치를 인정받아 유지하게 되었다.

백운 대피소 바로 앞에는 국가보훈처 현충시설인 충혼탑이 있는데 1950년 6월 28일 백우암을 거쳐 후퇴하던 장교 1명과 사병 1명이 이곳에 남아 사태를 지켜보던 중 서울이 함락되었다는 사실을 알고 2명 모두 자결하였는데 이들의 우국충정을 길이 빛내기 위해 이 비를 건립하였으며, 정상의 백운대는 3·1운동의 발원지이기도 하다.

여기서부터 약 500m만 오르면 북한산성이 이어져 있는데 이 산성도 장관이다. 1711년에 쌓은 8㎞의 성문은 원래 14성문(13개 성문과 1개 장대)이었다고 한다. 지금은 5개 대문인 대동문, 대성문, 대남문, 대서문, 북문과 7개 암문인 서,

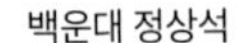
백운대 정상석

오리바위

백운봉, 용암, 보국, 청수동, 부왕동, 가사당암문으로 총 12개의 성문이 있다.[16]

최근 12성문을 돌면 인증서를 준다 하여 12개 성문을 테마로 하여 등산코스를 계획하는 산객들도 많다. 성문을 끼고 약 300m를 올라가면 드디어 백운대와 마주한다. 백운대 역시 커다란 암릉으로 연결되어 있는데 스릴 만점이다. 백운대에 오르면 인수봉이 바로 옆에 보인다. 태극기가 휘날리는 백운대에서 인증을 하고 잠시 휴식을 취한 뒤 원점회귀한다.

북한산은 들머리를 어디로 두느냐에 따라 특별한 경관을 볼 수 있는데 사모바위 코스를 오르게 되면 커다란 갓 모양처럼 생긴 바위를 볼 수 있으며 사모바위 아랫부분에 오래전 무장공비로 김신조 일당이 침투했던 역사적 사실도 확인할 수 있다. 또한 비봉 코스를 오르면 진홍왕 순수비와 금선사를 볼 수 있고 그 외 소의 귀를 닮은 우이암, 소귀천, 숨은벽과 보현봉 등 멋진 경관과 바위들을 마주할 수 있는 코스가 많다.

★ 여름철 산행 시 주의사항 - 여름철 산행 시 복장

산의 높이가 100m 높아질 때마다 0.6도씩 체감기온이 낮아지므로 여름이라고 하여 반바지나 반팔을 입는 것은 피해야 한다. 특히 해충이나 나뭇가지 등으로부터 몸을 보호하기 위하여 가급적 긴팔을 입는 것을 권유하며 특히 땀에 젖었을 때 갈아입을 수 있도록 여분의 옷을 챙기는 것도 큰 도움이 된다. 최근 레깅스 종류의 옷을 입는 산행객들이 많은데 이는 낙상 시 피부를 보호하기 어렵기 때문에 반드시 낙상해도 피부를 보호할 수 있는 기능성 복장을 권유한다.

16 '등산이야기' Related Articles

19.

눈이 부신 설경 속에서

- 오대산 비로봉(1,563m)

오대산은 두 개의 봉우리를 100명산 인증장소로 선정하였다. 오대산은 1975년 국립공원(총면적 298.5㎢)으로 지정되었는데 높이는 1,565.4m이다. 태백산맥에 솟아 있으며 비로봉, 동대산, 호령봉, 상왕봉, 두로봉 등 5개의 봉우리가 있다. 봉우리 사이사이에 중대, 동대, 서대, 남대, 북대가 있고 오대산의 상원사는 6·25전쟁 때 오대산에서 불타지 않은 유일한 절이다. 경내에는 상원사동종(국보 제36호), 오대산상원사중창권선문(보물 제140호) 등이 있다. 주변 일대는 천연기념물인 장수하늘소의 서식지로도 알려져 있다.[17]

설경이 아름답기로 유명한 오대산에 눈이 왔다기에 일행들과 새벽 7시 출발. 전날 내린 폭설로 설레고 들떠 있었으나 통제가 되었다는 소식에 대략 난감이다. 그러나 국립공원관리소와 수시로 통화를 하다 보니 10시 반경 통제가 풀렸단 소식에 모두 다 환호를 질렀다. 드디어 도착하여 커다란 전나무에 쌓인 눈은 보기만 해도 탄성이 저절로 나왔다. 말로만 듣던 오대산의 눈 쌓인 겨울산은 정말 아름다웠다.

마치 일부러 눈을 올려놓은 것처럼 솜뭉치 같은 하얀 눈이 나뭇가지마다 올려져 있었다. 역사적으로 유래가 깊은 상원사를 끼고 도니 야트막한 계단 옆으로 석등이 멋스럽다.

---

17 Daum백과

상원사

석등

오대산 눈 소식에 많은 인파가 몰려 인산인해를 이루었다. 상원사를 지나며 몇 겹의 지붕이 있는 것이 신기해 사진에 담는다. 적멸보궁을 지나 정상을 오르면서 연신 터져나오는 감탄사에 줄지어 오르는 계단이 힘든 줄도 모르고 올랐다. 또한 고사목은 또 그 나름대로 멋스러움을 자아내고 있었고 간혹 불어오는 바람에 머리 위로 떨어지는 눈을 맞는 기분은 정말 최고였다. 드디어 정상이다. 줄을 서서 인증을 하고 눈 위에 누워 천사도 만들며 쌓인 눈을 만끽하는데 하늘의 구름과 바람이 심상치 않다. 정상 쪽이라 그런가 보다 했는데 너무 매섭게 몰아친다.

아린 손끝으로 몇 장의 사진과 짧은 영상을 촬영했는데 다시 눈이 내리기 시작한다. 산악회를 이끌던 산대장님이 바로 하산해야 한단다. 눈이 시작되면 얼마나 내릴지 알 수 없어 안전사고의 위험이 있으니 다들 하산하라고 국립공원 관리센터에서 연락이 왔다고 한다. 우리는 산대장의 지시대로 재빨리 하산

오대산 정상석(비로봉)

준비를 마치고 하산한다. 눈길 산행은 하산길이 더욱 위험하다는 것을 경험으로 터득한 날이었던 것 같다. 장비를 다 갖추었음에도 눈길은 미끄러웠고 어떤 사람은 아예 앉아서 미끄럼을 타듯이 내려가기도 한다. 계단은 눈에 묻혀서 보이질 않고 바람은 점점 더 거세게 불어온다. 얼굴은 워머로 가리고 모자는 귀까지 다 내려 덮어서 춥지는 않은데 문제는 눈보라로 인하여 앞이 보이질 않는다는 것이다. 아마도 사람이 많지 않았으면 계단인지도 모를 뻔했다. 약간은 위험하기도 하였지만 이것이 겨울 산행의 묘미가 아닌가 싶기도 하다.

겨울에 오대산 능선에 오르면 멋스러운 전나무와 고사목, 아름다운 설경 등이 어우러져 겨울산의 신비로움을 느낄 수 있다. 비로봉을 지나 상왕봉까지의 4km 구간은 갈대밭으로 덮여 있어 더욱 절경을 이룬다. 오대산은 가파른 계곡이 없어 겨울에 눈이 많이 내려도 눈사태의 위험이 없기 때문에 등산객들이 많이 찾는다. 올겨울 눈 소식이 있다면 오대산을 올라보자.

★ 여름철 산행 시 주의사항 - 낙뢰 및 폭우에 주의

여름철에는 갑작스러운 소나기와 낙뢰가 많아진다. 산행 전 미리 안전지대를 파악해두는 것도 좋은 방법이며 기상 악화로 긴급 상황이 발생할 경우 우선 안전을 위하여 대피하는 것이 좋다. 이때 대피장소로 젖은 흙더미 주위나 높은 나무 아래는 피하는 것이 좋으며 산악기상정보시스템을 이용하여 미리 날씨를 파악하는 산행계획이 중요하다.

20.

서울의 역사를 끌어안은 신선대

- 도봉산 신선대(726m)

도봉산은 수도권에 있는 명산 중에 하나이며 기암괴석이 많고 산 전체가 커다란 화강암으로 이루어져 있는 산이다. 높이는 740.2m이며, 주봉(主峰)은 자운봉이고 인증은 신선대에서 하게 되어 있다. 북한산국립공원의 일부로 하나의 절리(節理)와 풍화작용으로 벗겨진 봉우리들이 연이어 솟아 기암절벽을 이루고 있다.

도봉산 전경

주봉인 자운봉(紫雲峰)에서 남쪽으로 만장봉(萬丈峰), 선인봉(仙人峰)이 있고 서쪽으로 오봉(五峰)이 있으며 우이령(牛耳嶺)을 경계로 북한산과 접하고 있다.

도봉동계곡, 송추계곡(松楸溪谷), 망월사계곡(望月寺溪谷)을 비롯하여 천축사(天竺寺), 원통사(圓通寺), 망월사(望月寺), 관음암(觀音庵), 쌍룡사(雙龍寺), 회룡사(回龍寺) 등 많은 사찰이 있다. 그 밖에 조선 선조(宣祖)가 조광조(趙光祖)를 위하여 세웠다는 도봉서원(道峯書院)도 있다.[18]

도봉산 역시 가까운 관계로 마음이 어지러울 때 찾는 곳 중 하나이다. 수려한 경관과 함께 산행 난이도가 있어 잡생각을 할 시간을 줄이는 방법 중 하나가 등산인데 도봉산은 거리도 가까워 산을 좋아하는 사람이면 누구나 한 번쯤은 찾는 곳이다. 등산코스도 다양하다. 사패산을 통해 북한산까지 종주하는 코스도 있고, 도봉산역에서 출발하는 도봉산탐방지원센터 코스, 화룡사 코스 등 다양하지만 오늘은 도봉산탐방지원센터를 통해 산행을 하기로 한다.

도봉산탐방지원센터에 차를 주차하고 다락능선으로 가기 위해 은석암 쪽으로 발길을 옮긴다. 은석암까지는 딱히 어려운 코스는 아니다. 완만한 산길을 따라 걷다 보면 좌측 아래로 은석암이 보이고 약 400m를 진행하면 다락능선으로 이어진다. 여기부터는 암릉 구간도 있고 급경사에 주의하지 않으면 추락 위험도 있는 구간이다. 그러나 그만큼 조망은 아주 멋진 곳으로, 전망대에 오르면 선인봉과 신선대가 조망된다.

우측으로 망월사가 조망되며 좌측에는 암벽과 거북바위 등 도봉산의 기암괴석을 볼 수 있는 구간이다. 다락능선은 다소 난이도가 높지만 주위 경관이 수려하고 우측으로 사패산, 좌측으로 만장봉과 선인봉, 신선대, 자운봉 등도 볼 수 있기에 눈이 호사를 누리는 코스이다.

---

18 『한국의 여행』 1(서울특별시, 중앙서관, 1983), 『한국지명총람』(한글학회, 1966), 도봉산관광(http://mountain.dobong.go.kr/)

전망대에서 잠시 휴식을 취한 후 Y계곡 쪽으로 발걸음을 옮긴다. Y계곡은 매년 인사사고가 나는 곳으로 각별한 주의를 요하는 곳이다. 만약 자신이 없거나 경험이 부족한 사람이라면 무리하지 말고 우회길로 가기를 권유한다.

자운봉

신선대 표지목

고산앙지

특히 겨울에는 급경사에 높은 바위길을 쇠로 된 봉을 잡고 올라가야 하기에 살짝 눈이 묻은 장갑은 오히려 미끄러질 우려가 많아 자칫 잘못하면 바로 인사사고로 이어진다. 고소공포증이 있거나 심장이 약한 사람이라면 반드시 우회길을 추천한다. Y계곡을 지나면 계단이 나오고 바로 신선대가 코앞이다. 신선대를 올라가는 길도 급경사이며 암릉 구간인데 쉽지 않다. 신선대에서 좌측은 도봉산 제1봉 자운봉이다. 과거에는 자운봉을 중심으로 인증을 하면 되었는데 지금은 신선대 표지목이 설치되어 표지목을 중심으로 인증을 하면 된다. 멋진 자운봉을 배경으로 인증을 하고 마당바위 쪽으로 하산한다. 마당바위는 앞마당처럼 넓어서 마당바위라 부른다. 마당바위에서 일행들과 간식을 먹고 담소를 나누며 발길을 옮긴다. 도봉산탐방지원센터에 다다랐을 즈음 계곡의 바위에 '고산앙지'라고 새겨진 바위가 보인다. '고산앙지'는 높은 산처럼 우러러 사모한다는 뜻으로 곡운 김수증이 조광조의 학식을 존경하여 쓴 글이라 전한다.

뜻하지 않는 횡재는 이런 것인가 보다. 전날 다른 곳은 다 비가 왔는데 여긴 눈이 와서 아름다운 설경을 눈과 마음에 담고, 아름다운 추억 하나 추가하였다. 무엇보다 감사한 것은 미끄러운 겨울산을 안전사고 없이 무사히 마무리하였다는 것이다. 산행에서 즐거웠다 함은 바로 안전하게 잘 마무리하여 귀가하는 것까지라는 것을 기억하자.

★ 여름철 산행 시 주의사항 - 야생동물 주의

여름철에 주의해야 할 것들 중 하나는 야생동물이다. 특히 독성이 강한 야생 벌과 뱀 등은 산행 시 안전을 위협하는 요소이다. 만약 말벌 등에 쏘였다면 침이 박혀 있지는 않은지 확인하고 침을 제거한 후 깨끗한 물로 환부를 씻고 얼음찜질을 한다. 특히 벌에 대해 알레르기가 있는 경우에는 지체 없이 119에 신고하여 도움을 요청하는 것이 좋다. 또한 뱀에 물렸을 때에는 상처 부위에서 5~10㎝ 위를 적당한 압력으로 묶은 다음 심장보다 낮게 유지한 상태로 유지하고 신속하게 병원으로 이송하여 치료를 받도록 한다. 이때 입으로 독을 빼내거나 칼로 절개하는 행위는 2차 피해를 야기할 수 있으므로 삼가도록 한다.

21.

바람을 닮은 억새의 흔들림

- 명성산(923m)

명성산은 높이 923m이며 태백산맥에서 갈라진 광주산맥에 속하는 산으로, 동쪽에 광덕산(廣德山, 1,046m)과 동남쪽에 백운산(白雲山, 904m), 남쪽에는 사향산(麝香山, 736m) 등이 솟아 있다. 명성산은 일명 울음산이라고도 불리는데, 전설에 의하면 궁예(弓裔)가 건국 11년 만에 왕건(王建)에게 쫓기어 이곳에 피신하다 1년 후 피살된 곳으로 알려져 있고, 궁예의 말로를 이곳의 산새들이 슬퍼해서 명성산이라는 이름이 붙었다고 한다. 그 옆에는 국민관광지로 지정되어 있는 산정호수(山井湖水)가 있으며, 북쪽 기슭에는 용화저수지(龍華貯水池)가 있다. 포천시 영북면에 있는 산정호수와 이어진 관광 및 등산길이 개발되어 주말이면 찾는 사람이 많다. 명성산은 전국 5대 억새 군락지로 손꼽힐 정도로 가을이 되면 5만 평의 억새밭이 장관을 이룬다.[19]

대부분 명성산은 가을에 억새를 보기 위해 찾는데 이날은 눈이 세상을 가득 덮어서 무조건 배낭을 메고 설경을 보기 위해 떠난다. 도착도 하기 전 이미 마음은 산 정상에서 설경을 보며 웃고 있다. 그만큼 눈 덮인 산은 설레임이 가득하다.

19 『얼쑤! 신명나는 경기도 축제 나들이: 2005 경기방문의 해』(경기도경기관광공사, 2005), 『한국지명요람』(건설부 국립지리원, 1982), 「임진강 유역 용암대지의 형성에 대한 신자료」(이선복, 『한국지형학회지』12-3, 2005), 「추가령구조곡의 철원 율리리 퇴적층 분석」(이민부, 『한국지형학회지』10-1, 2003)

새하얀 눈이 덮인 명성산을 올라보자! 산 입구부터 계곡과 나무와 등산로도 모두 다 하얗다. 인적이 거의 없는 명성산은 온통 눈으로 덮여 햇빛에 반짝반짝 보석처럼 빛난다. 온통 새하얀 세상에 심취해 걷노라니 어느새 등룡폭포에 도착했다. 등룡폭포는 용이 폭포수의 물안개를 따라 승천하여서 이중폭포, 쌍용폭포라고 부르기도 한다고 전한다. 또한 궁예의 출생과 후고구려의 건국에 대한 이야기도 전해진다. 857년 음력 5월 5일 신라 왕의 아들로 태어난 궁예는 태어날 당시 입안에 이빨이 나 있어 불길한 아이라 하여 절벽에서 떨어지게 되었는데 유모가 구하다가 실수로 눈을 찔러 애꾸눈이 되었다. 출생의 비밀을 알게 된 궁예는 신라를 증오하며 절에서 생활하다가 어느 날 까마귀가 떨어뜨린 종이에 '王' 자가 적힌 것을 보고 왕이 될 운명인 줄 알았다고 한다. 그래서 후고구려를 건국하게 되었으며, 신하들과 백성들의 신망을 잃게 된 궁예는 918년 왕위를 빼앗기고 혁명군을 피해 도망치게 되었는데 그곳이 바로 명성산이며 결국 근처의 동굴에서 피살되었다고 전한다. 이때의 설움으로 한동안 명성산에서는 궁예의 울음소리가 들렸고 사람들은 '울음산'이라고 불렀다고 전한다.

억새 군락지의 설경

사연 많은 등룡폭포를 지나면 계단이 나오고 조금 더 진행하면 초소가 나온다. 초소를 우측에 두고 완만한 산행로를 걷다 보면 어느새 마른 억새가 가득한 억새 군락지가 나온다. 가을에는 하늘거리는 억새가 가득 메웠을 그곳에 온통 눈꽃이 가득하다. 장관이다. 글과 사진으로는 다 담지 못하는 것이 그저 아쉽기만 하다.

팔각정에서 따끈한 커피 한잔에 설경을 눈에 담으니 세상 부러울 것이 없다. 그러나 아직 100명산을 인증하는 정상석까지는 2.8㎞ 정도를 더 진행해야 한다. 팔각정을 정면으로 우측으로 가면 정상석이고 좌측으로 가면 자인사 방향인데 경관이 매우 수려하다. 산정호수를 바라보며 하산하는 코스이기에 가을에 오면 시원하고 그 아름다움이 절정이다. 오늘은 우측 정상을 향하여 발걸음을 옮긴다. 등룡폭포에서 우연히 동행한 직장 동료 부부가 정상까지 동행하기로 했다. 아무래도 혼자 보내는 것이 마음에 걸렸나 보다. 감사한 일이다. 정상으로 갈수록 눈꽃은 상고대로 바뀌고 그 아름다움은 더해만 간다. 눈 덮인 나무와 벤치는 그냥 한 폭의 그림이다. 멀리 보이는 산정호수 방향에는 명품 소나무가 우뚝 서 있고 눈길 닿는 곳마다 절경이다. 이걸 보려고 계산 없이 나선 것인데 참 잘했다는 생각이 든다. 온통 새하얀 눈길을 헤치며 가도 가도 끝

정상석(앞)

정상석(뒤)

없을 것만 같던 눈 터널을 지나니 어느새 정상석을 눈앞에 두고 있다. 정상석에서 100명산을 인증하고 하얗게 눈 덮인 고운 능선을 바라본다.

명성산에서 약 10분 정도 내려오면 신안고개 방향으로 갈림길이 나온다. 눈이 덮이고 인적이 없어서 길인 듯, 아닌 듯한 길이지만 동행하는 지인 덕분에 길을 잃지 않고 내려올 수 있었다. 내려오는 길은 눈이 많아 거의 미끄러지듯 내려온다. 살짝 다시 눈바람이 분다. 또 눈이 내리려나! 기우를 뒤로하고 무사히 신안고개에 도착했다. 눈 덮인 펜션과 뒤의 명성산은 마치 알프스에 온 것처럼 아름답다. 도로를 따라 한참을 걷다 보니 산정호수에 도착했다. 산정호수는 겨울 축제를 하느라 온통 얼음이 꽁꽁 얼었다. 사람들이 걸을 수 있을 정도로 얼음이 두껍게 얼어 호수를 가로질러 주차장으로 향한다. 해가 지기 시작하니 산책로를 따라 축제용 등에 불이 들어온다. 이것은 아마도 보너스인가 보다. 어여쁜 산책로를 따라 걸으며 명성산의 산행을 마무리한다.

명성산은 억새밭까지는 산행로가 완만하다. 자인사 방향으로 올라오면 급경사이므로 자인사 방향은 하산코스로 잡는 것이 좋다. 억새밭 정상에는 팔각정이 있고 1년 뒤에 받는 우체통이 있다. 여름에는 초록이 무성한 억새의 향연을 볼 수 있으며 가을에는 하늘거리는 억새꽃축제에 참여할 수 있다. 단, 그늘이 없으니 반드시 그늘 대용으로 사용할 소품(모자 등)을 챙기는 것이 좋다.

산행이 끝나면 산정호수 주변으로 산책로도 매우 아름답게 잘 조성되어 있으며 관광지로서 먹거리와 볼거리가 있는 곳이기에 꼭 산행이 아니더라도 아름다운 추억을 만들 수 있는 곳이다.

★ 여름철 산행 시 주의사항 - 물놀이 주의

여름철 산행의 묘미 중 하나가 바로 물놀이이다. 더운 일상에서 벗어나 계곡을 찾아 떠나는 산행에서 주의해야 할 것은, 소나기로 인하여 갑자기 불어난 계곡물이 안전을 위협하는 경우이다. 물놀이 시 소나기가 온다면 반드시 안전한 곳으로 대피하여 사고를 미연에 방지할 수 있도록 하는 것이 좋다.

22.

청룡의 흔적을 간직한 곳

- 청계산(582.5m)

청계산은 망경대(望京臺), 국사봉(國思峰), 옥녀봉(玉女峰), 청계봉, 이수봉 등 여러 산봉우리로 되어 있으며, 기반암을 이루는 것은 화강편마암으로 호상(縞狀)을 이루며 관악산과 더불어 서울의 남쪽 방벽을 이루는 산이다. 고려말 이색의 시에 '청룡산'으로 기록되어 있으며, 『신증동국여지승람(新增東國輿地勝覽)』에도 청룡산으로 기록되어 있다. 과천 관아의 왼편에 해당되어 좌청룡에서 청룡산의 산 이름이 유래하였다고 한다. 또는 청룡이 승천했던 곳이라 청룡산으로 불렀다는 설도 있다. 또한 지정문화재 자료 6호인 청계사가 자리 잡고 있으며, 1998년 6월에 서울대공원 삼림욕장이 개설되어 많은 사람이 찾고 있다. 등산로는 성남시 상적동 옛골에서 시작하는 길과, 의왕시 청계동에서 오르는 길이 있다.[20]

청계산은 나지막하고 교통이 편리하여 많은 사람들이 찾는 곳이다. 감기 기운이 있어 집에서 쉴까 하다가 나지막한 곳이라도 산을 오르면 기운이 날 것만 같아서 가벼운 마음으로 청계산으로 출발한다. 생각보다 계단이 많지만 그래도 산의 기운을 느끼며 힐링할 수 있는 곳이기에 천천히 올라간다. 2월이라 아직 날씨는 차갑지만 하늘은 정말 파랗다. 파란 하늘을 보면 왠지 기분이 좋아진다. 조금씩 눈이 깔린 곳도 있고 바람이 차지만 은근히 사람들이 많다. 왜

20 『신증동국여지승람(新增東國輿地勝覽)』, 『한국(韓國)의 산지(山地)』(건설교통부 국토지리정보원, 2007)

돌문바위

파란 하늘을 벗 삼아 인증샷을 찍고 매봉으로 향한다. 매바위를 지나 매봉으로 가는 길에는 돌문바위가 있는데 돌문바위를 3번 돌면 청계산의 정기를 받을 수 있다는 안내판이 있다. 돌문바위를 지나면 특전교육단 위령탑으로 가는 길이 있다. 이는 국가보훈처 지정 현충시설로, 1982년 6월 1일 지상훈련을 마치고 자격강하를 위해 수송기에 탑승하였다가 이동 중 짙은 안개로 추락하여 사망한 53인의 특전교육단 장병과 교육훈련 기간 중 순직한 영령들을 기리는 위령탑이다. 위령탑을 우측에 두고 약간의 계단만 올라가면 바로 정상인데 인증을 위해 많은 사

청계산 정상석(매봉)

매바위 정상석

람들이 줄을 서 있다. 마음만 먹으면 초보자도 왕복 3시간 정도면 정상까지 가능한 장소이기에 이렇게 많은 사람들이 있나 보다. 아직 쌀쌀한 기온임에도 이렇게 많은 사람들이 오는데 바람 좋은 봄, 가을에는 얼마나 많을까 싶다.

청계산의 봉우리 중 망경대는 가파르고 바위로 이루어져 있다. 또한 망경대는 고려가 멸망하자 고려의 충신이었던 조윤이 조선의 건국에 함께 참여해달라는 태조 이성계의 청을 거절하고 청계산 정상에서 고려의 수도인 송악을 바라보면서 세상의 허망함을 탄식했다는 이야기도 전해진다.

★ 여름철 산행 시 주의사항 - 기저질환에 주의

여름철 산행은 높은 기온으로 인하여 기저질환이 있을 때 위험을 초래하는 경우가 많다. 특히 당뇨나 고혈압이 있는 경우 높은 에너지소비량 등으로 저혈당이 올 수도 있으며 혈압이 상승하는 경우도 있다. 저혈당의 경우 의식이 있다면 당도가 높은 음료를 섭취하게 하고 의식이 없는 경우 무리하게 음식물을 섭취하지 말고 119에 신고하여 도움을 요청한다. 뿐만 아니라 고혈압으로 인해 의식이 혼미해지는 경우 꽉 조인 허리끈 등을 느슨하게 해주고 발을 심장보다 높게 하여 혈류를 원활하게 해주는 것이 바람직하다. 무엇보다 중요한 것은 기저질환이 의심될 경우 무리한 산행보다 트레킹 등으로 안전한 산행계획을 잡는 것이 바람직하다.

23.
가슴 설레는 출렁다리의 추억
- 감악산(675m)

감악산은 바위 사이로 검은빛과 푸른빛이 동시에 쏟아져 나온다 하여 감악산(紺岳山), 즉 감색 바위산이라 불렀다. 또한 한북정맥의 한강봉과 지맥을 이루고 있고 가평의 화악산, 개성의 송악산, 안양의 관악산, 포천의 운악산과 더불어 경기 5악의 하나로 지정되어 춘추로 국가에서 제를 지냈다. 산세가 험하고 폭포, 계곡, 암벽 등이 발달했으며 파주시에서 가장 높은 산이기도 하다.[21]

감악산은 경기도 5대 악산 중 한 곳으로, 최근 출렁다리가 생겨서 새로운 관광지로 각광받고 있다. 출렁다리는 지상 45m 높이에 길이 150m, 폭 1.5m로 70kg 성인 900명이 한꺼번에 건너도 될 정도로 튼튼하게 만들어졌다고 한다.

우리는 하산 시 출렁다리를 건너기로 하고 범륜사 버스승강장에서 들머리를 두기로 하였다. 아직은 일러 진달래는 볼 수 없었으나 노란 생강나무꽃과 막 피기 시작한 버들강아지가 봄이 왔다는 것을 알려준다.

숯가마터

통천문

범륜사를 지나 숯가마터의 많은 암릉을 지나고 힘들 때마다 사진을 찍으며 쉬엄쉬엄 진행한다. 간단하게 중간에서 식사를 한다. 막 식사를 마쳤을 때 하늘이 갑자기 먹구름으로 뒤덮인다. 소나기라도 한차례 쏟아부을 것만 같다. 산에서의 일기는 정말 예측할 수가 없다. 아니나 다를까 막 정리가 끝나갈 무렵 차가운 무언가가 볼에 스친다. 앗! 그런데 이건 비가 아니라 눈이다. 그렇게 약 10여 분 동안 4월의 눈이 펑펑 쏟아지더니, 언제 그랬냐는 듯 다시 파란 하늘이 고개를 내밀고 날씨는 천연덕스럽게 멀쩡하다.

암릉 구간을 지나면 통천문이 나오고 장군봉을 지나 드디어 임꺽정비가 있는 곳까지 다다랐다. 임꺽정봉으로 올라가는 코스 중 동광정사, 원당저수지 낚시터 방향으로 전에 없던 나무 데크가 놓여 지금은 올라가기가 한결 수월해졌다. 임꺽정봉은 '매봉재'라고도 불리는데 생긴 모양이 매와 비슷하다 하여 붙여진 이름이다. 이 봉우리 아래에는 굴이 있는데 다섯 걸음을 들어가면 구덩이가 나오고, 컴컴하여 깊이와 넓이를 추측할 수 없을 정도라고 한다. 일명 응암봉이라고 하는데 적성현지(1842), 적성현지(1871)에 모두 등장한다. 또한 응암봉 아래 굴은 설인귀굴 또는 임꺽정굴이라 부르는데 고려 말 충신 남을진 선생이 은거한 남선굴이 바로 이 굴이라고도 전한다.[22]

임꺽정봉(676.3m)

감악산 정상석

신라진흥왕 순수비

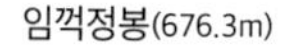

22 임꺽정봉 안내표지판

기암괴석과 파란 하늘, 멋스러운 소나무를 배경으로 기록을 남기고 정상을 향해 발걸음을 옮긴다. 오른쪽으로 고릴라바위를 지나고 드디어 정상에 도착, 인증샷을 남긴다. 귀여운 연천군 상징 마스코트 고롱이(고: 고대, 구석기, 고인돌 등 과거를 상징), 미롱이(미: 미래지향적 희망과 미래발전 등을 상징)와 함께 기록을 남겼다. 정상에는 신라진흥왕 순수비로 추정되는 설인귀비 또는 빗돌대왕비로도 불리는 글씨가 다 지워진 비도 있다. 잠시 정상에서의 경관을 충분히 만끽 후 하산한다.

팔각정 전망대에서는 범륜사와 출렁다리, 운계폭포가 조망된다. 팔각정 전망대로 이동하여 운계폭포를 배경으로 인증샷을 찍고 드디어 출렁다리와 마주한다. 평소 고소공포증이 있는 나는 가슴이 두근거리지만 포기할 수는 없기에 한 발 한 발 나아간다. 일행들은 벌써 맞은편에서 내가 도착하기를 기다리

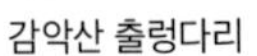

감악산 출렁다리

운계폭포

고 있다. 고소공포증을 극복하고 치유하기 위한 하나의 방법으로 끊임없이 도전한다. 지금 와서 생각해보면 아주 많이 좋아졌다는 것을 깨닫게 되지만 한번씩 마주하는 높은 곳에서는 순간순간 아찔하기만 했다는 것을 고백한다.

감악산에는 이외에도 얼굴바위, 병풍바위 등 기암괴석이 많으며 정상에는 군사시설물이 있다. 날씨가 좋은 날이면 개성 송악산도 조망이 가능하다고 한다.

★ 여름철 산행 시 주의사항 - 119산악위치표지판 활용

산행을 하다 보면 예기치 못한 사고에 직면할 수도 있다. 이때 유용한 것이 바로 119산악위치표지판이다. 각 산마다 표지판은 조금씩 다르지만 누구나 알아보기 쉽도록 만들어져 있기에 조금만 주의 깊게 살펴본다면 바로 알 수 있다. 이때 사진으로 찍어두면서 산행을 진행한다면 만약에 있을지 모르는 사고에 미리 대비할 수 있다.

24.

백색 복사꽃의 비밀

- 황악산(1,111m)

황악산은 험준하고 높은 봉우리라는 뜻으로 '큰산 악(岳)' 자를 쓰는 높은 산임에도 석산(石山)이 아닌 토산(土山)이어서 흙의 의미를 담은 '누를 황(黃)'을 써서 황악산(黃岳山)이라 하는데, 오래전 학이 많이 살아서 황학산(黃鶴山)이라고도 한다. 황악산은 추풍령에서 삼도봉(三道峰)으로 이어지는 백두대간 산줄기 중간에 있는 산으로 이 일대에서 가장 높고 황악산에서 북쪽으로 뻗은 산줄기는 여시골산, 백원봉을 만들면서 괘방령으로 이어지며 남쪽으로 뻗은 산줄기는 형제봉, 바람재, 질매재로 이어진다.[23]

황악산은 직지사로 유명한데 천 개의 불상 가운데 아기불상이 하나 있고 그것을 맨 처음 볼 수 있는 사람은 아기를 점지해준다 하여 유명하기도 하다. 직지사는 원래 신라시대인 418년(눌지마립간) 아도화상(我道和尙)이 선산 도리사를 개창할 때 함께 지었던 절이라고 한다.[24] 직지문화공원이 아름답다 하여 그쪽으로 들머리를 두었다. 아래쪽 부분은 거의 여름처럼 나뭇잎도 무성하였으나 중간부터 철쭉과 진달래가 많이 피어 있어 아름답다.

23 『경상북도사(慶尙北道史)』(경상북도사편찬위원회, 1983)

24 Daum백과

4월임에도 불구하고 정상으로 갈수록 나뭇잎은 아직 나지 않고 바람이 불 때마다 한기마저 느껴진다. 도통 종잡을 수 없는 산에서의 날씨이다. 사명대사길을 지나 운수봉까지 진달래와 철쭉이 아름답다. 바위는 거의 없고 완만하다.

수양겹도화(백색)

직지사 경내

정상 쪽에는 싸리나무가 군락지를 이루고 있고 작년에 피고 진 억새풀들이 아직 무성한 흔적을 간직하며 여기저기 분포되어 있다. 금년 가을이 되면 또다시 억새가 무성해지겠지. 정상석에서 인증샷을 찍고 도시락을 먹는다. 산에서 먹는 도시락은 진수성찬이 아니라도 꿀맛이다. 하산하는 길에 직지사에 들러 직지사의 봄을 만끽한다. 하산하는 길에는 조릿대가 많이 있어 올라갈 때와는 또 다른 분위기이다. 직지사에 도착하여 하얀색 복숭아꽃을 보고 신기하여 사진에 담는다. 직지사는 천 개의 불상도 신기하였지만 다양한 야생화들도 참 예쁘고, 잘 정돈된 정원마다 고운 꽃들이 만발했다.

황악산 정상석

직지문화공원에 도착하여 메타세콰이어 숲길도 걷고 발바닥을 자극하는 공원길도 걷고 하얀 대리석벽 밑으로 회양목이 곱게 심어진 길을 정답게 걷는 아주머니들도 사진에 담는다. 정상의 철쭉과 진달래가 만개한 것을 보려면 약 2주 정도 기다려야 할 것 같다. 황악산이 안고 있는 직지사 서쪽 200m 지점에 있는 천룡대(天龍臺)로부터 시작되는 능여계곡(能如溪谷)은 봄에는 산목련·진달래, 가을에는 단풍으로 메워진다. 직지사에서 1㎞ 지점에는 옛날 사명대사가 즐겨 찾았다는 사명폭포가 있으며, 그 외 산 동쪽에는 직지사를 가운데 두고 능여암, 운수암, 내원암 등의 암자들이 자리 잡고 있다.[25]

★ 여름철 산행 시 주의사항 - 상한 음식 주의

뜨거운 날씨만큼이나 조심해야 할 것이 있다면 바로 음식물이다. 특히 간편한 도시락으로 김밥 등을 선호하는데 여름철에는 고온에 노출되어 장시간 이동해야 하므로 점심으로 또는 간식으로 준비한 음식물이 혹시 상하여 건강을 해치지 않도록 주의해야 할 것이다.

25 『경상북도사(慶尙北道史)』(경상북도사편찬위원회, 1983)

25.

백두대간의 중심

- 청화산(970m)

청화산(青華山)은 괴산군, 상주시, 문경시 3개 시군에 걸쳐 자리 잡은 백두대간 속리산국립공원 권역의 산이며 백두대간 길에 속한다. 또한 옛 문헌에 따르면 일선지에 화산으로 기록되어 있고, 원래 '화할 화(華)'가 아닌 '불 화(火)'를 써서 청화산(青火山)이라 표기했다고 전한다. 산이 푸르고 사철 꽃이 불타듯 만발하여 이러한 이름으로 불렀다고 하는데, 이름 때문인지 유난히 산불이 자주 발생하여 청화산의 '화(火)'를 화(華)'로 바꾸어 부르게 되었다고 전한다.

상주와 괴산을 연결하는 청화산과 괴산 산막이 마을을 계획하고 떠나는 여행 같은 산행이다. 늘재에서 출발하는 이번 산행에 우선 백두대간 표지석을 인증하고 들머리를 잡는다(지금은 백두대간 인증장소가 아님). 길옆에 있는 표지석은 백두대간의 코스 중 하나로 그 크기가 족히 5m는 되지 싶다. 늘재는 한강, 낙동강 분수령이다. 성황당을 오른쪽으로 두고 산자락을 약 1㎞ 정도 올라가면 '정국기원단(靖國祈願壇)'이라는 글귀가, 우측에는 '백의민족 성지(白衣民族 聖地)', 좌측에는 '백두대간 중원지(白頭大幹 中元地)'라고 표기되어 있는데 말하자면 '나라를 잘 다스리기를 기원한다'라는 의미라고 한다.

암릉 구간 바위에서 멋진 고사목을 카메라에 담는다. 더러 암릉 구간이 있긴 하지만 짧은 코스이기에 산길을 걸으며 이제 막 피기 시작한 진달래와 참

백두대간 표지석

청화산 정상석

정국기원단 성지

나무 잎이 고와서 잠시 쉬어간다. 간식으로 에너지충전을 하고 다시 정상을 행해 발걸음을 옮긴다. 바위 끝에 힘겹게 자리를 잡고 예쁜 꽃을 피운 기특한 진달래 한그루를 기억의 한 페이지에 담아본다. 참 좋은 날씨에 참 고운 하늘빛이다. 드디어 정상이다. 눈이 부실 만큼 파란 하늘과 청화산 정상석을 배경으로 인증샷을 찍는다. 새벽에 출발하여 몸은 고단했지만 날씨도 좋고, 정상석을 보는 순간 모든 고단함과 피로감은 사라진다.

차량이 있는 관계로 다시 눌재로 향한다. 중간중간 피어 있는 진달래를 보며 봄바람 난 처녀처럼 흥얼거리며 노랫소리가 절로 나온다. 산을 오를 때는 그 산이 높든 낮든 힘들기는 마찬가지다. 그러나 내려갈 때의 기분은 마치 개선장군처럼 당당하고 즐겁다. 특히 오늘처럼 봄바람 불고 핑크빛 고운 진달래가 만개한 날이면 더욱 그러하다.

★ 여름철 산행 시 주의사항 - 산행코스와 지형 선정

여름철에는 이상기온으로 계곡이 갑자기 불어날 수가 있고 낙뢰가 유난히 많은 산들도 있다. 이때 산행계획 시 계곡을 건너야 하는 것이라면 그날 일기예보를 참고하도록 한다. 또한 암벽을 지나는 코스라면 물기가 많아 실족할 우려도 있기에 당일의 일기예보와 코스는 매우 밀접한 관계가 있다. 안전을 위하여 일기예보와 코스를 꼼꼼히 살펴보고 선정하도록 하자.

26.

얼레지의 숨결

- 연인산(1,068m)

연인산은 가평군이 '우목봉' 또는 '월출봉'으로 부르던 산을 1999년 3월에 지명을 공모하여 '사랑이 이루어지는 곳'이란 뜻에서 연인산으로 바꾸었으며, 철쭉제를 시작하면서부터 알려지기 시작하였다. 이때 서남쪽의 전패봉(906봉)은 우정봉, 전패고개는 우정고개, 동남쪽의 879봉은 장수봉으로 고쳤다. 또한 연인산에서 뻗은 각 능선에 우정, 연인, 장수, 청풍 등의 이름을 붙였다.[26]

얼레지

시골이라 공기도 상큼하고 북한강가를 따라 달리는 새벽 드라이브는 정말이지 최고였다. 백둔리에서 출발하는 연인산은 아래쪽은 벌써 여름처럼 잎이 푸른데 중턱부터는 여린 잎 연둣빛이 연인산 이름처럼 고왔다. 중턱쯤 오르니 급경사가 시작된다. 정상 부근에는 얼레지가 군락을 이루고 있다.

26 『한국의 산하』(1999)

나무 아래 어여쁜 얼레지가 군락을 이루고 있어 더욱 장관이었다. 얼레지는 수술은 6개, 암술은 1개이지만 암술머리는 3갈래로 나누어진다. 열매는 삭과로 익는다. 봄철에 어린잎을 나물로 먹으며, 초가을에 비늘줄기를 캐서 쪄먹거나 이질 및 구토 치료에 쓰고 강장제로 사용한다. 숲속의 나무 그늘에서 자라는데, 나무에 잎이 나오기 전에 꽃이 피었다가 잎이 나올 무렵에 열매를 맺고 죽기 때문에 봄을 알리는 식물로 알려져 있다.

옛 정상석

현재 정상석

정상에 오르니 나무에 새순이 겨우 돋아나고 진달래도 이제 막 피어나는 것이 봄이 시작하는 것 같다. 날씨가 갑자기 더워져서 약간 고생은 했지만 아재비고개에 이르니 마치 달력의 한 장처럼 오래된 참나무가 어우러져 너무나 아름답다. 아재비고개로 가는 길은 완만하지만 제법 길다. 예상치 못하게 더워진 날씨가 조금은 지치게 하지만 100명산 등반에 또 하나 추가했다는 기쁨으로 발걸음은 가볍다. 오늘은 명지산과 연계산행을 할 계획이기 때문에 아재비고개에서 명지3봉으로 넘어갈 계획이다.

연인산에는 전국 최대의 잣나무 군락지가 있으며, 전국 잣 생산량의 1/3 가량이 여기에서 생산된다. 또한 잣나무에서 뿜어져 나오는 피톤치드가 기관지 천식과 폐결핵 등을 치료해주는 데 효능이 있는 것으로 알려지면서 이곳에서는 아토피 힐링캠프도 운영되고 있다.[27]

★ 여름철 산행 시 주의사항 - 우중 산행 시 복장

유난히 비가 많은 장마철에 산행계획을 잡는다면 긴팔과 방풍자켓을 챙기도록 하자. 여름철이라도 비에 장시간 노출이 되면 저체온이 올 수도 있기에 방수와 습기 배출이 동시에 가능한 기능성 의류는 체온 유지에 큰 도움이 될 것이다.

27 『경기도 도립공원 관리체계 구축방안』(이양주 · 김태현, 경기개발연구원, 2010), 『서울근교여행』(유연태, 넥서스BOOKS, 2005), 연인산도립공원(http://farm.gg.go.kr/sigt/116/)

27.

인내의 한계를 찾아서

- 명지산(1,267m)

명지산은 높이 1,252.3m로, 경기도 가평군 북부 산악지대의 광주산맥 준봉들 중 하나이며 가평군 북면의 북반부를 거의 차지할 만큼 산세가 웅장하고 산림이 울창하여 경기도의 명산 중 하나로 손꼽힌다.[28]

연인산과 연계산행을 하는 코스라 아재비고개로 진행을 한다. 아재비고개로 가는 길은 길고 지루하다. 아재비고개에는 슬픈 전설이 있는데 조선시대에 가난한 시골 부인이 해산을 앞두고 친정에 가서 몸을 풀 요량으로 나지막한 고개 하나를 넘다가 갑자기 산기를 느껴 정신이 혼미한 상태로 아기를 낳았다. 의식을 잃은 후 정신을 차려보니 싱싱한 물고기가 그녀 앞에 있어서 배가 너무 고팠던 그녀는 아무 생각 없이 물고기를 다 먹어치우고 나서야 원기를 회복해 자신이 아이를 낳았다는 사실을 기억할 수 있었는데 그때서야 정신없이 먹어대던 물고기가 자신이 낳은 갓난아이라는 것을 알고 실성하여 벼랑에 떨어졌다는 전설이 있다. 전설이지만 너무 무서운 것 같다.

3봉으로 가는 길은 급경사인데 더군다나 그늘이 별로 없어 많이 덥기까지 하다. 명지3봉에서 2봉까지는 거리도 가깝고 능선길이라 완만하다.

---

28 『한국의 생태계 보호구역』 생태계보전지역, 습지보호지역(환경부, 2001), 『한국지지』-지방편 Ⅰ(건설부 국립지리원, 1983), 한국의 산-명지산(www.kormt.co.kr/myungji.html/)

명지3봉 표지목

명지2봉 표지석

명지산 정상석

명지2봉부터 명지1봉까지는 암릉 구간도 있고 완만하지만 약간 길다. 가는 길에 철쭉이랑 야생화가 지루할 틈 없이 반겨준다. 명지산은 원래 야생화가 많은 곳이다. 야생화 중 윤판나물이라는 이름을 가진 식물이 있는데 이 나물에도 특별한 전설이 전해진다. 윤이 나고 나물로 먹을 수 있어서 그런 이름이 생겼다는데, 옛날 어느 고을에 윤판서가 살고 있었는데 항상 겸손하고 인자하여 고을 백성들의 칭송이 자자했고 이를 들은 임금님이 연유를 묻자 뒤뜰에 핀 식물에게 배웠다고 하여 임금님이 직접 행차하여 그 식물을 보고 아직 이름이 없는 것을 알고 윤판나물이라고 지었다고 전해진다.

드디어 익근리로 내려가는 삼거리다. 여기서 정상은 금방이지만 정상에서 다시 이쪽으로 내려와야 한다. 드디어 정상이다.

명지1봉 삼거리로 돌아와 본격적인 하산길에 접어든다. 여기서부터는 완만한 능선길이지만 매우 길다. 여기서부터 익근리까지 5.3㎞라 부지런히 가야 한다. 너덜길도 있고 계단도 많다. 봄이라 녹아서 질척거리는 구간도 있어 미끄러움에 주의해야 한다. 가는 길에는 금낭화 군락지도 있고 계곡을 끼고 하산하는 길이라 물소리도 정겹다. 계곡을 끼고 하산하는 길은 단풍나무가 수없이 많다. 그래서 가을철이 되면 시원한 계곡과 완만한 산길, 그리고 아름다운 명지단풍으로 가평의 8경 중 제4경으로 선정이 되어 있다. 연계산행을 하니 시간에 많이 부족해서 이때만 볼 수 있는 많은 것들을 놓치게 되는 것만 같아서 아쉽다. 그러나 약간의 아쉬움은 또 찾게 되는 동기가 되니까 오늘은 연계산행을 무사히 마침을 감사하게 생각하며 명지산행을 마무리한다.

★ 여름철 산행 시 주의사항 - 계곡산행 일정일 때

부득이하게 계곡산행을 계획했다면 안전 시설물이 있는지 미리 확인해두자. 특히 집중호우로 계곡 물살이 갑자기 빨라지고 불어난 경우 계곡 위쪽에서는 가급적 길을 따라 걷고 무리한 횡단은 피하는 것이 상책이다. 안전 시설물을 미리 확인해둔다면 비상시 대피에 큰 도움이 될 것이다.

28.

역사의 상흔을 간직한, 봄 향기 가득한 그곳

- 청량산 장인봉(870m)

청량산은 1982년 8월 도립공원으로 지정되었으며, 높이 870m로 태백산맥의 지맥에 솟아 있다. 주위에는 문명산, 만리산, 투구봉 등이 있다. 주봉인 장인봉을 비롯하여 금탑봉, 연화봉, 축융봉, 경일봉 등 30여 개의 봉우리가 있다. 예로부터 소금강이라 불렸으며, 우리나라 3대 기악의 하나로 꼽혀왔다. 퇴계 이황은 청량산인이라고 불릴 정도로 이 산을 예찬하여 후세인들이 그를 기념하여 세운 청량정사가 남아 있다. 기암절벽으로 이루어져 있으며 낙동강 상류

금강굴

가 서쪽 절벽을 휘감아 흐른다. 조선 후기의 불전 건물인 청량사유리보전(경상북도 유형문화재 제47호)이 있다.[29]

삼부자송

여여송 할배할매송 역사의 흔적

29 Daum백과

공원관문안내소 입구를 들머리로 통과 후 바로 좌측의 계단으로 올라갔다. 처음엔 조금은 가파른 코스였으나 바위와 이름 모를 야생화에 곧 넋을 빼앗겼다. 고사리도 한창인 듯 여기저기 많이 보인다.

다시 발걸음을 재촉하여 기암괴석이 있는 바윗길을 지나 할배할매 소나무, 여여송 소나무, 삼부자 소나무 등 명품 소나무 아래로 보이는 낙동강 줄기와 아스라이 보이는 마을들을 배경으로 카메라에 담는다.

청량산에는 소나무에 얽힌 전설들이 많았고 또한 일제강점기에 송진 채취를 위해 소나무 껍질을 벗긴 나라의 역사에 대한 흔적을 보았으며 바람 아래로 누우면 마치 몸을 받아줄 것만 같은 나무들이 융단처럼 깔려 있다.

전망대에서 바라본 청량산에는 연둣빛의 봄기운이 완연하다. 멋진 암석과 능선이 참 곱다. 정상에 이르기 전에 뒤돌아보니 멀리 지나온 전망대가 보이고 지나쳐 온 바위산이 더욱 멋지게 보인다. 때맞춰 피어난 철쭉도 아름답고 녹음이 짙어가는 봄빛에 시원한 바람이 더없이 좋다. 드디어 정상에 도착했다. 하늘다리 전에 점심을 먹기 위해 돗자리를 깔고 막걸리 한잔에 고단함을 씻어본다.

청량산 정상석(장인봉)

청량산 하늘다리

하늘다리를 통과하는데 골짜기를 타고 바람소리가 엄청나게 불어 마치 귀곡산장을 연상케 한다. 그것도 나름 재미있다. 바람소리 거센 하늘다리를 건너 발길을 옮긴다. 청량사에 도착하니 사찰과 어우러진 산세가 예술이다. 산책로를 따라 발길을 옮기며 청량산을 찾기를 참 잘했다며 감탄사를 연발한다. 현지인에게 코스를 물어 선택한 이번 산행은 처음부터 끝까지 마냥 행복하기만 하다.

청량사

김생굴

입석

청량폭포

산에서 내려오니 입석이 서 있는 바위라 입석이란다. 그것도 기념이라 사진을 찍고 청량폭포까지 걸으며 아쉬움을 남긴 채 하산한다. 마지막 코스인 청량폭포는 가물어서 기대하지 않았건만 흐르는 물이 실망시키지 않는다. 끝까지 감동을 주는 청량산의 산행은 정말 기대 이상이다. 아름답고 수려한 산세에 좋은 날씨까지 주셔서 이번 산행은 정말 대만족이다.

이 산에는 27개의 절과 암자의 유지(遺址)가 있는데, 신라시대 이후 선현들이 수도한 유적이 다수 남아 있다. 원효(元曉)대사가 건립하였다고 하는 내청량사(內淸凉寺)와 외청량사(外淸凉寺), 의상(義湘)대사가 창건하였다는 유리보전(琉璃寶典), 신라시대의 명필 김생(金生)이 글씨를 공부하던 김생굴(金生窟), 최치원(崔致遠)이 수도한 고운대(孤雲臺)와 독서대(讀書臺), 고려 공민왕이 홍건적의 난을 피하여 은신한 유명한 오마대(五馬臺)와 공민왕당(恭愍王堂) 등이 있다. 여기에는 『신증동국여지승람』에 '돌로 쌓았다. 둘레가 1,350척이고 안에 우물 7개소와 시내 2개가 있다. 지금은 폐하였다'라고 기록된 청량산 성지도 있다.[30]

★ 여름철 산행 시 주의사항 - 폭염산행일 경우

예기치 못하게 산행일정 당일 폭염이 계속된다면 잦은 휴식을 취하거나 일정을 앞당겨 이른 아침 또는 늦은 오후로 산행을 변경하는 것도 좋다. 거리가 짧다고 즐거움이 줄어드는 것은 아니기에 짧은 거리도 잦은 휴식으로 즐거운 산행을 유지할 수 있다는 것을 잊지 말자.

30 『신증동국여지승람』, 『택리지』(이중환, 을유문화사, 1972), 「청량산과 퇴계의 자연관」(이기순, 『산』, 조선일보사, 1982.10.)

29.

바리때를 닮은 철쭉초원

- 지리산 바래봉(870m)

지리산 바래봉을 운봉 사람들은 산 모양새가 마치 삿갓처럼 보인다 하여 삿갓봉으로 부른다. 본래 스님들의 밥그릇인 바리때를 엎어놓은 모양이라는 의미로 바리봉이었는데 음이 변하여 바래봉으로 불리고 있다. 높이는 1,186.2m 이며, 산내면과 운봉읍의 큰 산지부 경계이면서 운봉과 남원을 한눈에 내려다 볼 수 있을 정도로 전망이 좋다. 또한 지리산 전경을 북쪽에서 가장 훌륭하게 볼 수 있는 곳으로도 손꼽힌다.[31]

바래봉의 철쭉

바래봉 정상

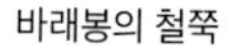

31 『고도 남원의 얼』-내 고장 전통 가꾸기(남원군, 1982), 『한국지명요람』(건설부 국립지리원, 1982), 『남원의 역사와 문화』(남원문화원, 1986), 『한국지리지』-전라 · 제주편(국토지리정보원, 2004)

용산 주차장에서 신작로를 따라 오르다 보면 운지사 갈림길을 지난다. 신작로에는 철쭉축제로 볼거리, 먹을거리로 가득한 장터가 흥겨운 노랫소리를 틀어놓고 한창이었다. 신작로는 그늘이 없어 운지사 방향 산길을 선택한다. 운지사를 지나 좁다란 산행길을 따라 오르면 신작로와 다시 합쳐진다. 축산기술연구소 덕분에 산행을 하기 쉽도록 바윗돌로 신작로를 넓히고 잘 닦아놓아 산행이라기보다는 산책을 가는 느낌으로 올라간다. 아직 철쭉축제 기간이라 사람들이 많았지만 꽃들은 이제 막바지에 접어들어 핀 것보단 진 꽃이 더 많다. 전나무들 사이로 남원 시내가 훤히 들어온다. 멀리서 바라보는 경관은 사뭇 아름답다는 말 이외에 더 이상 할 말을 찾지 못한다. 커다란 낙엽송들을 배경으로 사진을 찍고 정상을 향해 발길을 옮긴다. 바래봉 정상이 가까워진 것 같다. 정상을 200m 앞두고는 계단이 많다. 나무계단을 지나 전망대에서 100m 남짓 남은 정상을 바라본다. 정상에 도착하니 인증샷을 찍기 위하여 줄이 제법 길게 늘어섰다. 순서를 기다리며 바래봉 정상에서 둘러보는 지리산 자락은 순하고 착한 느낌으로 와닿는다. 한참을 기다려 인증사진을 찍고 구상나무 아래에서 준비해 온 도시락을 먹는다. 식사가 끝나면 향기 좋은 커피 한잔에 즐거운 담소로 이어진다. 기분 좋은 점심식사가 끝나고 버스가 있는 곳으로 다시 원점회귀하는 길에 구절초에 예쁜 나비가 있어 살짝 카메라에 담아본다. 가벼운 산행을 하기에는 참 좋은 코스로, 오늘은 단체로 왔고 당일 코스라 이렇게 다녀가지만 기회가 되면 종주를 해야겠다는 생각을 해본다. 국내에서 철쭉이 가장 많이 만개하는 고산지역으로, 5월 하순 철쭉제가 유명하다.

★ 여름철 산행 시 주의사항 - 배낭이나 장비는 방수 제품으로

잦은 소나기에 노출되기 쉬운 여름철 산행 시 배낭이나 장비는 비에 젖어도 손상되지 않는 방수 제품이 좋다. 특히 전자제품을 많이 들고 다니는 최근에는 작은 비닐 지퍼백을 여러 개 준비하여 여벌 배터리, 랜턴, 핸드폰을 보호하는 것이 좋다.

30.

마르지 않는 금샘

- 금정산 고당봉(801.5m)

금정산은 낙동강과 수영강(水營江)의 분수계가 되는데, 최고봉은 북쪽의 고당봉(802m)이다. 북으로는 장군봉과 계명봉(602m)이 뻗어 있고, 남으로는 원효봉(687m), 의상봉, 파리봉, 상계봉 등 600m 내외의 봉우리들이 백양산(白陽山, 642m)에 이어진다. 신증동국여지승람(新增東國輿地勝覽)에는 '동래현 북쪽 20리에 금정산이 있고, 산꼭대기에 세 길 정도 높이의 돌이 있는데 그 위에 우물이 있다. 둘레가 10여 척이며 깊이는 일곱 치쯤 된다. 물은 마르지 않고, 빛은 황금색이다. 전설로는 한 마리의 금빛 물고기가 오색 구름을 타고 하늘에서 내려와 그 속에서 놀았다고 하여 금정이라는 산 이름을 지었다고 한다. 이로 인하여 절을 짓고 범어사라는 이름을 지었다'라고 기록되어 있다. 따라서 금정은 금어(金魚)가 사는 바위 우물에서 유래된 것으로 판단된다.[32]

갑자기 정해진 스케줄이라 큰 준비 없이 무작정 떠난 길이다. 부산에서 거주하는 지인의 도움을 받아 금정산을 향해 출발한다. 금정산성 입구에 도착하여 막 산행을 시작하려는데 빨간 산딸기가 눈에 들어온다. 계절이 계절이니만큼 새콤달콤해 보이는 산딸기를 하나 따서 입에 넣어본다. 고향의 맛이다. 동행한 지인이 "멀리서 온 너를 기다렸나보다" 하시며 한 움큼 따서 한입에 넣어

32 『삼국유사(三國遺事)』, 『신증동국여지승람(新增東國輿地勝覽)』, 『한국의 지형』(권동희, 한울 아카데미, 2006), 『관광자원총람』(한국관광공사, 1982)

준다. 달달하니 새콤달콤 금정산은 시작부터 설레임이다. 지나는 길에 빛깔 고운 엉겅퀴는 그 고운 자태를 지키기 위해 살짝 가시를 돋우고 이제 막 피기 시작한 복분자꽃도 나름 작은 꽃을 피우며 열매를 맺기 위해 한창 단장 중이다.

금정산성 장대

금정산성 북문

금샘

금정산성 장대에 도착했다. 숙종 때 건립된 것으로 추정되는 금정산성 장대는 금정산에서 전투 시 가장 잘 보이는 곳에 위치한 장수의 지휘소라고 한다. 장대를 지나 북문을 향하는 길은 완만한 등산로로, 매끄러운 나뭇가지가 멋스럽게 자라나 있다. 걷는 길은 때죽나무꽃과 찔레꽃으로 향기가 그윽하다. 완만한 오솔길 같은 등산로를 따라 약 15분쯤 걸어가면 드디어 북문에 들어서게 된다. 예전의 전시 대비 산성을 올라 경치 좋은 성을 네모난 틀 속에 넣어본다. 산성에 도착하니 커다란 유리 상자에 정상석이 서 있는데 이거야말로 좀처럼 보기 힘든 것이다. 이 정상석은 원래 1994년 12월 23일 만들어진 고당봉 정상석인데 2016년 8월 1일 낙뢰를 맞아서 현재 북문공원에 이렇게 전시를 해놨다고 한다. 이걸 껴안고 기를 받으면 재물이 따른다는 얘기가 전해지는데 믿거나 말거나! 북문공원에서 금샘으로 발걸음을 옮긴다. 예전엔 산성을 따라 올라갔다는데 지금은 통제해놓았다. 금샘에 가는 길에 기암괴석을 만난다. 완만한 산길을 걷다보면 금샘이 나오는데, 어지간한 가뭄에도 물이 마르지 않는다 했지만 얼마나 가물었으면 금샘에 물이 하나도 없다. 그 전설에 나오는 금샘이 바로 이곳이다. 금샘에서 인증샷을 찍고 정상으로 발길을 옮기면 하늘문과 금정산 사모바위가 나온다.

초록 융단 같은 등산로를 지나면 정상에 도착한다. 정상에서 돌아보는 금정산은 짙은 녹음으로 눈이 부시다. 올라온 산행 방향으로 금샘과 사모바위, 하늘문이 멋지게 보인다. 산 아래로는 구포 방향으로 낙동강 줄기가 보이는데 금정산은 낙동정맥의 시작지점이기도 하다. 고당봉을 오르는 나선형 철계단도, 맞은편 동래산성길도 한 폭의 그림이다. 금정산 정상석 바로 아래에는 고모당 사당이 있는데 누군가는 여기서 간절한 기도로 소원성취한 분들이 있을 거라 믿으며, 활엽수가 많고 멋지고 아기자기한 바위들도 많은 금정산 산행을 마무리한다.

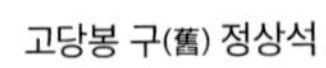
고당봉 구(舊) 정상석

하늘문

사모바위

고당봉

금정산은 범어사로 인하여 더욱 잘 알려져 있다. 범어사 서쪽에는 주봉인 고당봉이 솟아 있고, 그 북쪽 장군봉에서 동쪽으로 계명봉 능선이 범어사를 에워싸고 있다. 삼국유사(三國遺事)에는 '금정범어(金井梵魚)'로 기록되어 있어 신라시대부터 널리 알려졌고, 항상 금정산과 범어사를 연관시켜왔음을 짐작할 수 있다. 범어사는 678년(문무왕 18)에 의상이 창건한 화엄십찰의 하나로, 경상남도의 통도사 및 해인사와 더불어 3대 사찰의 하나로 손꼽힌다. 20여 동의 가람과 신라시대의 석탑인 범어사삼층석탑(보물 제250호)은 금정산과 더불어 관광명소로 이름이 높다. 금정산성은 임진왜란 후 당시 경상감사의 진언으로 1703년(숙종 29)에 축성되었고, 그 뒤 다시 증축되었다. 그러나 일제강점기에 훼손되었다가 1972년부터 2년에 걸쳐 동·서·남 3문과 성곽 및 4개의 망루를 복원하면서 둘레 17,336m, 높이 1.5~6m인 우리나라 최대의 산성이 되었다.[33]

★ 여름철 산행 시 주의사항 - 여름 산행 필수품, 소금

뜨거운 햇살 아래 산행을 하노라면 평소 땀이 많이 나지 않던 사람도 옷이 흠뻑 젖을 만큼 땀을 흘리는 경우가 많다. 특히 습도가 높은 날에는 더욱 많은 수분이 배출되므로 염분 수치 또한 많이 낮아진다. 체내의 염분 수치가 낮아지면 두통과 구토가 유발되면서 심하면 의식이 혼미해지는 경우도 있다. 이럴 때 식용으로 된 소금을 갖고 다니며 소량씩 섭취하면 증상이 사라진다. 만일의 경우를 대비해 식용 소금을 챙겨보자.

33 『삼국유사(三國遺事)』, 『신증동국여지승람(新增東國輿地勝覽)』, 『한국의 지형』(권동희, 한울 아카데미, 2006), 『관광자원총람』(한국관광공사, 1982)

31.

기암괴석이 멋진 만물상을 품은 곳

- 가야산 상왕봉(1,430m)

가야산은 1972년 10월에 가야산국립공원으로 지정이 되었으며, 선사시대 이래로 산악신앙의 대상으로서 복판에 우리나라 3대 사찰 가운데 하나로 고려팔만대장경판을 간직한 해인사와 그 부속 암자들이 자리하고 있다. 그리고 선인들의 유람과 수도처로서 이름을 떨쳐왔다. 그런 이유로 가야산은 민족의 생활사가 살아 숨 쉬는 명산이자 영산(靈山)이라 일컬을 만하다. 가야산의 이름은 가야산 외에도 우두산(牛頭山), 설산(雪山), 상왕산(象王山), 중향산(衆香山), 기달산(怾怛山) 등 여섯 가지가 있었다고 한다. 주봉인 상왕봉(象王峯, 1,432.6m), 칠불봉(七佛峯, 1,433m)과 두리봉(1,133m), 남산(南山, 1,113m), 단지봉(1,028m), 남산 제1봉(1,010m), 매화산(梅花山, 954m) 등 1,000m 내외의 연봉과 능선이 둘러 있다.[34]

합천 가야산은 처음이라 국립공원 직원에게 코스를 물어보니 용기골로 가면 완만한 코스이고 하산할 때 만물상 코스로 내려오는 것이 조망이 좋다고 추천하기에 친절한 안내를 따라 용기골을 시작으로 코스를 잡았다. 계곡을 따라 오르다 보면 가야산성이 있는데 칠불봉에서 발원하여 용기계곡 좌우로 만물상과 동성봉 능선을 따라 포곡식으로 축조되었으며, 용기산성이라고도 한다.

34 『가야산해인사』(우진문화사, 1985), 『세종실록(世宗實錄)』, 『신증동국여지승람(新增東國輿地勝覽)』, 『한국명문선』2-명산기행문(민족문화추진회, 1980), 『한국의 여로』9-지리산(한국일보사, 1986)

이곳은 산성의 남문이 위치해 있던 자리로 규모나 위치로 볼 때 산성의 주 출입구로 사용된 것으로 보인다. 이 산성은 대가야의 소도를 방어하는 요충지이자 왕의 이궁으로 이용했을 가능성이 높아 산성으로서의 의미가 높다고 안내판에 적혀 있다.

계곡을 따라 걸으니 시원하고, 활짝 핀 산목련은 고귀한 자태를 드러낸다. 조금 더 진행하니 백운암지에 도착했다. 백운암지에는 돌로 쌓은 석축이 있는 것으로 봐서 이곳이 오래전에 큰 절터였음을 알 수 있다. 이곳 절터는 당시 해인사와 비슷한 통일신라시대(802년)에 무려 1,000여 칸이나 되는 대규모의 금당사로 100여 개의 암자가 산재해 있었다는데 한때 화려하고 번창했던 사찰은 어디 가고 영겁(永劫)의 세월 동안 빛바랜 석축만 남았으며 주위에는 잡목과 잡

가야산성 남문터

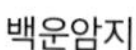
백운암지

산목련

초들만 무성하게 가득 차 있으니 초라하고 쓸쓸하기까지 하다. 서성재까지는 약간의 계단이 있지만 대체로 완만한 산길이다. 서성재는 가야산성의 서문이 위치해 있던 곳으로 상아덤, 동성봉 능선을 이용하여 축조된 포곡식 산성이다. 대가야의 소도인 고령과 불과 14㎞ 거리로, 전쟁 시 수도 방어의 요충지였으며 현재 문의 흔적을 찾을 수는 없으나 10m가 넘는 넓은 공터와 허물어진 성벽의 규모를 통해 문지가 있었을 가능성이 있다고 한다. 서성재는 너른 마당처럼 평지가 있는 고갯마루라 많은 사람들이 점심식사 장소로 이용한다.

가야산 이정목

칠불봉 정상석

칠불봉 능선

가야산 중턱에는 이정목이 있고, 칠불봉으로 가는 길은 급경사가 시작되며 암릉 구간도 있다. 암릉 구간을 오르면 명품 소나무와 암릉 아래로 산목련 군락지도 보인다. 드디어 칠불봉이다. 칠불봉에서 내려다보는 가야산은 정말 저절로 탄성이 나게 한다. 너무너무 아름답다는 말밖에는 할 말이 없다.

칠불봉은 금관가야의 김수로 왕이 인도의 아유타국 공주 허황옥과 결혼하여 얻은 10명의 왕자 가운데 큰 아들 거등은 김해 김씨의 시조로 왕위를 계승하고, 둘째와 셋째는 어머니의 성을 따라 김해 허씨의 시조가 되었으나 나머지 일곱 왕자는 허왕후의 오빠 장유화상을 스승으로 모시고 가야산에서도 가장 힘차고 높게 솟은 칠불봉 밑에서 3년간 수도한 후 도를 깨달아 생불이 되어 칠불봉이라 한다고 전한다. 드디어 정상에 도착했다. 가야산의 정상은 소머리 모양을 하고 있어서 우두산이라고 한다는데 가야 19대 명소 우비정이 있다. 가야산을 우두산이라고도 부르는데 우비정은 그 산의 정상이 소의 코 위치에 해당되어 그리 부른다 한다. 우비정에는 빗물이 고여서 작은 우물을 만들었고 그 안에는 개구리 두 마리가 숨어 있다.

가야산 정상에서 바라보는 경관은 정말 아름답다. 녹음이 짙어지기 시작하는 연둣빛은 사람의 마음을 평안하게 만들고 운무 서린 능선은 신비하다. 올라온 곳을 바라보니 병풍처럼 둘러싸인, 멋진 가야산 바위들이 굽이굽이 멋지다. 하산하는 길은 왔던 길을 따라 서성재 쪽으로 가다가 만물상 쪽으로 가려고 한다. 말로만 듣던 만물상을 앞에 두니 마음이 설렌다.

만 가지의 이름이 붙여진 만물상은 정말이지 장관이었다. 상아덤(서장대)을 비롯하여 촛대바위, 제단바위, 투구바위, 돌고래바위, 부처바위 등 크고 작은 바위들로 가득 차 있다. 어느 것 하나 예사로운 게 없는데 이런 바위들이 병풍처럼 빽빽하게 솟아나 기이한 암벽들을 이루고 있어 만물상은 말이 필요 없다. 특히 상아덤(서장대)는 가야국의 건국신화를 간직하고 있는데 가야산의 여신 정

가야산 정상석(상왕봉)

우비정

상아덤(서장대)

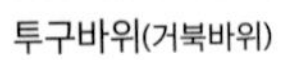

투구바위(거북바위)

촛대바위

견묘주는 하늘의 신 이비가지와 이곳 상아덤에서 부부의 인연을 맺었다 한다. 이후 어여쁜 옥동자를 낳게 되는데, 첫째는 아버지 이비가지를 닮아 얼굴이 해와 같이 둥글고 붉어 뇌질주일이라 이름하였다. 둘째는 어머니 정견묘주를 닮아 얼굴이 달과 같이 갸름하고 흰 편으로 뇌질청예라 이름하였고 이 두 형제는 자라서 형 뇌질주일은 대가야(현재 고령)의 첫 임금인 이진아시왕이 되고 동생 뇌질청예는 금관가야(현재 김해)의 첫 임금인 수로왕이 되었다고 전한다.

만물상을 감상하느라 시간 가는 줄 모르다 만물상 탐방로 입구까지 오니 날이 어둑어둑해졌다. 산에서는 어둠이 빨리 오지만 합천 가야산의 어둠은 유난히 빨리 내렸다. 아마도 멋진 가야산 만물상에 넋을 잃었기 때문일 게다. 합천 가야산은 정말 기대 이상이다. 다양한 전설, 맑은 계곡, 특히 다 담지 못한 만물상의 기암괴석들, 100명산을 완등하며 다시 꼭 가보고 싶은 곳 중 하나인 합천 가야산은 두고두고 기억에 아름답게 남는 산이다.

기암절벽, 계곡의 맑은 물, 소나무 등의 울창한 수림이 수려하며 해인사를 비롯한 많은 문화유적들이 있어 관광객들이 문전성시를 이루는 이곳에서는 매년 10월에는 민속축제인 대가야문화제가 열린다. 또 주위에 직지사, 합천댐, 거창온천 등이 자리하여 더욱 각광을 받고 있다. 신부락-해인사-상왕봉-마애불입상-해인사-신부락과 해인사-백련암 동쪽 계곡부터 정상에 이르는 등산로가 있어 등반객이 많이 찾는다. 어느 곳을 가도 아름다운 가야산은 누구나 한번 찾으면 그 감동을 잊지 못하는 산이기도 하다.

★ 가을철 산행 시 주의사항 - 여유 있는 산행계획

가을이 되면 낮이 짧아지고 일몰이 빨라진다. 이때 장시간의 무리한 산행계획은 쫓기듯 하산하게 하는 상황을 가져오게 된다. 쫓기듯 하산하는 경우 넘어지거나 미끄러지는 안전사고를 유발할 수 있기에 여유 있는 산행계획은 중요하다. 아름다운 단풍을 보려다가 안전사고로 이어진다면 그만큼 난감한 것도 없는 것이 가을철 산행이다. 여유 있는 산행코스 계획으로 초보자도 안전하게 단풍을 만끽할 수 있도록 계획하자.

32.

소백산맥의 중심 주흘산을 담다

- 주흘산 영봉(1,106m)

주흘산은 서쪽의 조령산(鳥嶺山, 1,017m)과의 사이에 조령 제1·2·3관문(사적 제147호)을 끼고 있고, 조령 일대는 1981년 6월 도립공원으로 지정되었는데 소백산맥의 주봉으로서 북동쪽의 소백산(1,440m), 문수봉(文繡峰, 1,162m), 남쪽의 속리산(1,058m), 황학산(黃鶴山, 1,111m)과 함께 충청북도와 경상북도의 도계를 이룬다. 문경의 진산(鎭山)이기도 한 주흘산은 '우두머리 의연한 산'이란 한자 뜻 그대로 문경새재의 주산이며, 고려 때 공민왕이 이 산에 피난했다 하여 '임금님이 머문 산'이란 뜻으로 주흘산이라 칭하였다. 예로부터 나라의 기둥이 되는 큰 산(中嶽)으로 우러러 매년 조정에서 향과 축문을 내려 제사를 올리던 신령스런 영산(靈山)으로 받들어왔다. 주흘산은 조령산, 포암산, 월악산 등과 더불어 소백산맥의 중심을 이루며 높이 1108.4m(영봉 표지석에는 1,106m로 되어 있음)로 산세가 아름답고 문경새재 등의 역사적 전설이 담겨 있는 곳이다.[35]

오전 10시에 주흘산 주차장에 도착하여 간단하게 물과 김밥 한 줄을 사서 배낭에 넣고 출발한다. 옛길 박물관 앞을 지나 오래전 과거를 보러면 꼭 지나야 했다는 문경새재, 그 제1관문에서 처음 마주한다. 6월 중순을 훌쩍 넘어선 날씨가 장난 아니다. 어느덧 여궁폭포이다. 옛날 7선녀가 내려와 목욕을 했으

35 문경 문화관광(http://www.gbmg.go.kr/tour/main.do/)

며 아래서 보면 여자의 하체와 닮았다 하여 그리 부르게 되었다고 전한다. 조금 더 오르니 대궐샘이 있는데 물맛이 기가 막힌다. 사실 약수 물은 배앓이를 한 경험이 있어서 잘 마시지 않는 편인데 물이 부족할까 싶어 마셨더니 마치 냉장고에서 꺼낸 듯 시원하다.

주흘산의 1,520개짜리 계단이다. 평지는 한 구간도 없고 계속 계단이다. 그런데 지나가는 등산객 한 분이 계단이 끝나면 정상이란다. 계단이라도 모두 그늘이라 크게 힘들다는 생각은 들지 않는다. 드디어 주흘산 주봉이다.

주봉에서 바라본 문경의 전망은 끝내준다. 영봉으로 가려면 능선을 따라 1.8㎞를 가야 하는데 이 코스는 너무 아름다운 능선으로 그늘이 연속된다. 오솔길 같은 능선이 아기자기 예쁘기만 하다. 능선을 따라 걷다 보니 멋스러운 소나무 아래로 경치가 장관이다. 능선 적당한 곳에 자리를 잡고 김밥을 먹는다. 아름다운 주흘산 능선에서 먹는 김밥은 초라한 식사지만 꿀맛이다. 드디어 주흘 영봉이다. 도착하니 인증사진 찍어줄 이가 없다며 산객 한 분이 핸드폰을 내민다. 서로 인증을 하고 하산을 준비한다. 하산길 역시 고맙게도 그늘이 계속 이어진다. 그러나 조금 아래로 내려가니 급경사로 미끄러운 구간이다. 기암괴석이 서로 몸을 떠받치고 기대어 서 있다. 어찌 보면 사람의 삶과도 같은 모양이다. 꽃밭서덜에 내려서니 너덜길 바위들 위에 작은 돌탑들이 가득하다.

드디어 제2관문 조곡관이다. 조곡관은 영남에서 서울로 통하는 가장 중요한 통로로, 문경 조령의 중간에 위치한 제2관문으로서 삼국시대에 축성되었다고 전하나 확실하지는 않단다. 조선 선조 25년에 임진왜란 후 충주 사람 신충원이 이곳에 성을 쌓은 것이 시초가 되어 숙종 34년 조령산성을 쌓을 때 매바위 북쪽에 있던 신충원이 쌓은 옛 성을 고쳐 쌓고 중성을 삼아 관문을 조동문이라 하였고 현재의 시설은 그 후 폐허가 된 것을 복원한 것이라 한다.[36]

36 영남 제2관문 조곡관 안내표지판

제1관문 여궁폭포 대궐샘

1,520계단 주흘산 주봉 주흘산 영봉

조곡관을 지나 조금 더 진행하면 조곡폭포가 나온다. 더운 날은 물줄기만 봐도 시원하다. 조금 더 1관문 쪽으로 진행하면 조선 후기에 설치된 것으로 추정되는, 국내 최초이며 유일한 순수 한글 비석으로 '산불됴심'이라는 화강암 자연석에 음각된 한글 비석이 나온다. 길옆으로는 소원성취탑들이 줄지어 있는데 오래전 문경새재를 지나는 길손들이 지나면서 한 개의 돌이라도 쌓고 간 선비는 장원급제를 하고, 상인은 장사가 잘되며, 아들을 못 낳는 여인은 옥동자를 낳을 수 있었다고 전한다.

제2관문

조곡폭포

순수 한글 비석

꾸구리바위

지름틀바우

용추

계곡을 끼고 걸어가는 길은 참으로 시원하고 한가롭다. 세상의 모든 근심은 일단 접어두고 걸어보자. 걷다 보니 꾸구리바위가 나오는데, 안내판에 의하면 바위 밑에 송아지를 잡아먹을 정도의 큰 꾸구리가 살고 있다가 바위에 앉으면 움직이기도 하고 아가씨나 젊은 새댁이 지나가면 희롱하기도 했다고 한다. 제2관문에서 제1관문으로 가는 길은 경상감사의 인계인수 장소로 알려진 교귀정과 용추를 비롯해 고려와 조선 초 공용으로 출장하는 관리들에게 숙식의 편의를 제공했다는 조령원터, 지름틀바위, 발 씻는 곳 등 다양한 볼거리가 있는 곳이다.

그 외에도 주흘산에는 통일신라시대인 846년(문성왕 8)에 보조국사가 창건했으며 고려 공민왕이 홍건적의 난을 피했다는 혜국사가 있고, 뿐만 아니라 아름답게 조성된 공원과 역사적 사실을 뒷받침하는 박물관 등도 있다. 꼭 산행을 하지 않더라도 볼거리가 넘치는 주흘산의 매력에 이 여름 빠져보면 어떨까!

★ 가을철 산행 시 주의사항 - 체력에 맞는 산행계획

단풍이 곱게 물들기 시작하면 평소에 산행을 하지 않던 사람들도 산행계획을 하기 마련이다. 이때 갑자기 높은 산에 가기보다는 근교의 나지막한 산을 몇 번 올라서 체력을 단련한 후 높은 산에 가는 것이 좋다. 평소 하지 않던 무리한 산행은 건강을 좋게 하려는 의도와 달리 오히려 건강을 해치는 결과를 가져오기도 한다. 평소에 나지막한 산에서 체력을 키워보자.

33.

맑은 물과 소가 많은 곳

- 유명산(862m)

유명산은 산 이름 때문에 널리 유명해진 산이다. 원래 지형도에는 산 이름이 없었는데 1973년 엠포르산악회의 국토 자오선 종주 등산 중 이 산에 이르자 당시 일행이었던 진유명 씨의 이름을 따라 산 이름을 붙인 것이라 한다. 그러나 옛 지도에는 이곳 일대에서 말을 길렀다 해서 마유산이라는 산 이름이 분명히 있지만 지금은 유명산으로 통칭되고 있다.[37]

주차장에서 출발하여 야영장을 지난다. 근처에 야영장이 있어 주차장엔 사람들이 제법 많이 붐빈다. 산 입구부터 산수국이 화려하게 피어 있다. 완만한 등산로를 따라 오르다 보니 어느새 땀방울이 맺힌다. 중턱쯤 오르니 심심하던 산길에 약간의 바윗길이 재미를 더하는데 여기서부터 빗방울이 떨어지기 시작한다. 산중에 만난 비라 되돌아가는 등산객도 보인다. 꿀풀꽃이 소담스레 피어 있어서 폰으로 찍어본다.

드디어 정상에 도착했다. 아까보다 조금 더 빗방울이 굵어졌다. 그래도 내려다보이는 산허리는 멋있기만 하다. 정상석에서 인증을 하고 빗방울이 굵어져 발길을 옮긴다. 능선을 따라 하산하려는데 다행스럽게도 아직은 비가 많이 내

37 가평군 문화관광(http://www.gptour.go.kr/)

리지는 않는다. 하산하는 길 계단 주위에 싸리꽃이 만발했다. 금방 빗방울이 굵게 떨어지는데 싸리꽃 군락지에 넋을 빼앗겨 싸리꽃도 한 컷 담는다. 평탄한 유명산 산행로는 아기자기하게 이어진다.

산수국 꿀풀

싸리꽃 유명산 정상석

올라올 때도 무난한 코스였고 하산할 때도 무난한 산행길. 가물어도 가평이라 계곡에는 맑은 물이 흐르는데 발이라도 담그고 싶지만 빗방울이 굵어져서 발걸음을 재촉하게 된다. 푸르름이 더욱 아름다운 곳이다. 관중 또는 면마라고 불리는 고사리과 식물도 있다. 유명산 두 번째 소는 '용소'인데 주변 기암괴석이 용이 승천하는 모양이라 하여 용소라고 한다. 폭포처럼 흘러내리는 계곡 물줄기는 유명산 첫 번째 소인 소양편을 만들었는데 그곳에는 넓은 바위가 있으며 그 아래로 5~6명이 들어갈 수 있는 굴에 박쥐가 살아 '박쥐소'라고도 한다. 하산길이 끝나는 지점부터 둘레길이 시작되는데 가평은 잣이 유명하다. 낙엽송과 잣나무 등 산림욕장, 동물 모형, 벽화 같은 그림이 그려져 있는 포토

존이 있다. 등산이 부담스러운 분들을 위해 둘레길도 한번 권유해본다.

높이 864m. 양평군 옥천면에 있는 용문산(1,157m)에서 북서쪽으로 뻗어 내려온 능선 끝에 솟아 있다. 주위에는 어비산(829m), 대부산(743m), 소구니산(660m), 중미산(834m) 등이 있다. 산 사면은 비교적 완만하여 남쪽 사면에 농장이 분포하고 있지만, 북동쪽 사면은 급경사의 계곡을 이룬다. 산은 높지 않으나 기암괴석과 울창한 수림, 맑은 물, 계곡을 따라 연이어 있는 크고 작은 소(沼) 등이 한데 어울린 경관이 훌륭하다.[38]

마당소 용소

소양편 박쥐소

★ 가을철 산행 시 주의사항 - 산행 전 충분한 스트레칭

단풍 구경을 위하여 많은 사람들이 단체 활동으로 산행을 하는 경우를 종종 보게 된다. 평소에도 하지 않던 무리한 산행을 많은 사람들과 동시에 출발하여 이동하려면 근육에 무리가 올 수 있다. 이때 가벼운 맨손체조는 근육을 이완시켜주어 염좌 등의 가벼운 부상을 미연에 방지할 수 있다.

---

38 Daum백과

34.

콩밭 매는 아낙네야

- 칠갑산(561m)

칠갑산은 1973년에 도립공원으로 지정되었고, 일곱 곳의 명당자리가 있어 칠갑산이라 부른다는 이야기와 함께 칠성원군의 '칠' 자와 십이간지의 첫 자인 '갑' 자를 합쳐서 칠갑산으로 부르게 되었다는 불교적 연원도 전해온다.[39] 높이 559.8m. 차령산맥에 솟아 있으며, 주위에 대덕봉(大德峰, 472m), 명덕봉(明德峰, 320m), 정혜산(定惠山, 355m) 등이 있다. 일명 '충남의 알프스'라 불린다. 코스에 따라 급경사도, 완만한 트레킹코스도 있는 곳이다.[40]

콩밭 매는 아낙네

용호바위

천장호와 출렁다리

39 '칠갑산 가장 쉬운 코스', 작성자 별하

40 Daum백과

칠갑산 주차장에서 산행로까지 가는 길에는 청양을 상징하는 조형물 고추와 구기자가 있고, 콩밭 매는 아낙네도 있다. 천장호까지 가는 길에는 소나무가 많이 있는데 그 사이로 보이는 천장호와 출렁다리가 너무 멋있고, 잘 정돈된 나무계단이 운치를 더해준다. 청양의 관광명소로 부각된 칠갑산 명물 천장호 출렁다리는 2009년 7월 개통했으며 좌우로 30㎝ 정도 출렁인다고 한다. 출렁다리 앞부분 장식은 청양고추와 구기자를 상징한 교각에 길이 207m, 폭 1.5m, 높이 24m로 세계에서 최고로 큰 고추라 한다. 다리를 건너면 용과 호랑이의 전설이 있다는 용호장군 잉태바위(남근바위)가 나온다. 이곳에 기도하면 복 많고 건강한 아들을 출산한다는 전설이 있다. 또한 한 아이의 생명을 구하기 위해 자신의 몸을 바쳐 다리를 만들고 희생한 황룡, 그리고 칠갑산을 지킨다는 호랑이의 전설이 있다.

여기서부터 본격적으로 칠갑산을 오르기 시작한다. 전망대에서 바라본 천장호와 출렁다리는 너무 멋지다. 비온 뒤의 칠갑산은 습도가 높아 천천히 걸어도 땀이 줄줄 흐른다. 산길을 표시하는 이정표도 청양의 대표적인 고추로 만들어졌다. 드디어 정상에 도착하여 시원한 얼음물과 간식으로 에너지를 보충한다. 땀을 많이 흘린 탓에 한 모금 물은 꿀맛이다. 정상에는 백제의 진산답게 칠갑산에서 제천의식을 지냈다는 제단이 있고 안녕, 통일, 건강을 기원하는 글이 쓰여 있다.

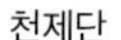
천제단

칠갑산 정상석

간단하게 간식을 챙겨 먹고 인증을 한 후 하산길에 접어든다. 하산길에는 지금처럼 장마가 이어질 무렵에만 볼 수 있는 이름 모를 버섯들이 수없이 많은데 식용은 아닌 것 같다. 칠갑산은 진달래와 철쭉으로 유명하며 주요 명소로는 정상, 아흔아홉골, 칠갑산장(최익현 동상, 칠갑산 노래 조각품 등), 천장호, 장곡사, 정혜사, 자연휴양림, 도림사지, 두률성 등이 있단다. 칠갑산 진달래는 장곡산장에서 465봉을 거쳐 정상에 이르는 구간에 큰 군락을 이루어 봄에 오면 더욱 아름답다고 한다.

★ 가을철 산행 시 주의사항 - 기온차에 대비

찬바람이 불기 시작하면 일교차가 매우 심해진다. 아침저녁으로 쌀쌀하지만 한낮에는 역시 여름 못지않게 덥다. 이럴 때는 한낮의 더위에는 벗고 아침저녁에 껴입을 수 있도록 얇은 겉옷을 준비하여 찬바람에 대비한다면 일교차로 인한 감기 등으로부터 건강을 지킬 수 있다.

35.

붉은 꽃무릇 가득한 불갑산의 가을

- 불갑산 연실봉(516m)

불갑산은 높이 516m로 주봉은 연실봉이다. 원래는 아늑한 산의 형상이 어머니와 같아서 '산들의 어머니'라는 뜻으로 모악산이라고 불렀는데, 불교의 '불(佛)' 자와 육십갑자의 으뜸인 '갑(甲)' 자를 딴 불갑사가 지어지면서 산 이름도 불갑산으로 바뀌었다고 전한다. 불갑사는 백제시대에 인도 간다라 지방 출신의 고승 마라난타가 불법을 전하기 위해 서기 384년(침류왕 원년) 중국 동진에서 배를 타고 영광 법성포로 들어와 근처 모악산(불갑산)자락에 지은 절이다. 숲이 울창하고 산세가 아늑하며, 참식나무와 상사화 같은 희귀식물들이 자생군락을 이루고 있다. 2019년 1월 10일 불갑산 일대인 불갑면과 묘량면 일원이 도립공원으로 지정, 고시되었다.[41]

영광 불갑산 하면 뭐니 뭐니 해도 역시 상사화가 최고다. 선운산과 불갑산은 상사화(꽃무릇)가 지천으로 깔려서 시즌만 되면 인산인해를 이룬다. 상사화(꽃무릇)은 줄기가 난초처럼 자라서 8월쯤 시들어버리면 9월에 속눈썹 닮은 붉은 꽃(꽃무릇)이 온 산을 뒤덮는다. 등산로 입구에는 불갑저수지가 있고 산책로로 그만이다. 날씨가 좋아서인지 다정한 연인들의 모습이 유난히 눈에 띈다. 수수하니 참나물꽃과 알며느리밥풀꽃 등 야생화가 참 곱다.

41 위키백과

상사화 군락지

불갑저수지

108계단

정상으로 오르는 산길에는 참나무 군락지가 있는데 가을이면 그 단풍이 절정을 이루고 단풍을 보기 위한 산객들의 발길이 끊이지 않는다고 한다. 정상 근처에 오르니 마치 동굴처럼 바위에 구멍이 있어 사진에 담아본다. 불갑산에는 호랑이에 관련된 설화가 많이 전하는데 혹시 호랑이 굴은 아닌가 하는 생각을 해본다. 덫고개 방향으로 오르면 실제 호랑이가 서식했다고 하는 굴이 있다. 간단하게 점심을 먹고 108계단으로 오른다. 108계단은 108번뇌를 소멸

시켜준다고 전한다. 드디어 정상이다. 마치 착한 여자의 이름 같은 연실봉에서 줄을 서 인증을 하고 맞은편 아래로 훤히 내려다뵈는 산 아래를 바라보며 불갑산을 조망한다. 탁 트인 산 아래로 아름다운 불갑저수지와 불갑산 능선이 한눈에 보인다. 정상에서의 아름다운 조망을 뒤로하고 구수재 방향으로 하산길을 잡는다. 구수재 방향으로 나 있는 코스는 비교적 완만하고 한적하다. 바위와 어우러진 오래된 소나무가 경치를 더욱 아름답게 한다. 하산하는 길에 보이는 기암괴석과 고목, 그리고 고사목들이 멋스럽다.

불갑산 정상석

이제 거의 다 내려온 듯하다. 아래로 이제 이 산을 뒤덮을 상사화가 자태를 뽐낼 준비를 하고 있다. 드디어 산책로 같은 불갑산 입구에 도착하니 마치 신작로처럼 잘 닦여진 불갑산 초입새가 나온다. 정상까진 안 가더라도 여기쯤만 와도 좋을 듯하다. 불갑저수지에 비치는 물빛이 햇살을 받아 봄처럼 화사하다.

불갑산은 딱 지금 요맘때 가야만 볼 수 있는 상사화를 보면서 산행할 수 있는 아름다운 곳이다. 불갑사를 지나 간다라 지역 사원 유구 가운데 가장 잘 남아 있는 탁트히바히 사원의 주탑원을 본떠서 조성한 탑원을 지난다. 축제 분위기가 한창인 일주문을 뒤로하고 불갑산 산행을 마무리한다.

불갑사

탑원

불갑산의 상사화는 빨간색의 꽃무릇뿐만 아니라 멸종위기 야생식물 2급인 진노랑 상사화 서식지가 있다. 불갑산 입구 공원에는 다양한 종류의 상사화를 심어놓았는데 아름다운 만큼 잘 보존하여 멸종되지 않도록 하는 것도 우리들의 몫이다.

다양한 상사화

★ 가을철 산행 시 주의사항 - 일몰시각 알아보기

가을 산행을 계획할 때에는 일찍 시작하여 일몰 전에 산행을 끝내는 것이 바람직하다. 일단 해가 지고 나면 기온이 급격히 떨어지고 어두운 곳을 산행하다 보면 안전사고에 노출이 많이 되기 때문이다. 특히 등산로를 잃어버려 헤매는 경우도 생기며 낙엽이 쌓여 미끄러질 수도 있다. 어둠 속 산행은 그만큼 위험하기 때문에 특히 초보자인 경우는 반드시 일몰 전에 산행을 마치는 것이 매우 중요하다.

36.

경기 5악산의 최고봉

- 운악산(937.5m)

운악산은 화악산, 송악산, 관악산, 감악산과 더불어 경기 5악산중 하나로 높이 934.7m이며 광주산맥의 여맥 중 한 산이다. 북쪽으로 청계산(淸溪山, 849m), 강씨봉(姜氏峯, 830m), 국망봉(國望峯, 1,168m) 등으로 이어져 포천시와 가평군의 경계를 이룬다. 또한 6·25전쟁 전까지 도요토미(豊臣秀吉)의 금병풍이 남아 있던 곳으로도 유명하다. 그래서 운악산은 현등사의 이름을 따서 현등산이라고도 한다. '경기금강(京畿金剛)'으로 불리는 이 산은 이름 그대로 산악이 구름을 뚫고 구름 위에 떠 있는 것과 같다 하여 운악산이라고 불리며 암봉의 절경 명산이다.[42]

기암괴석이 절경을 이루는 운악산을 올라보자. 처음은 여느 산길과 별반 다르지 않게 평범하다. 등산로를 잠시 오르면 커다란 바위에 뚜껑처럼 덮여 있는 눈썹바위를 지난다. 완만한 산길을 오르다 보면 어디 가나 있는, 소원을 비는 소원탑에 돌 하나 내 소망 하나 살포시 올려본다. 여기서부터는 악산이라는 이름에 걸맞게 암릉 구간이다. 이름 모를 바위와 야생화들이 아기자기 멋스럽다.

정상으로 오를수록 멀리 보이는 가평군 현리와 청평마을과 시원스러운 경관은 시야를 정화시켜주는 것처럼 느껴진다. 지나는 산객들의 쉼터인 통나무

42 『한국지명총람』(한글학회, 1985), 『한국지명요람』(건설부 국립지리원, 1982), 『경기도지』(경기도지편찬위원회, 1957)

기암괴석

눈썹바위

꿩의다리

병풍바위

미륵바위

통나무 쉼터

의자에서 잠시 쉬면서 숨을 돌린다. 시원한 물 한 모금에도 세상 다 가진 기분이라면 바로 이런 것일 게다. 드디어 병풍바위에 도착했다. 병풍처럼 둘러쳐진 커다란 하나의 암벽은 웅장하니 멋짐 그 자체다. 멀리 미륵바위도 조망이 된다. 여기서부터는 계속 바위를 타고 올라야 하는 급경사이다. 밧줄을 잡거나 혹은 바위 사이로 올라가야 한다. 산허리를 돌 때에도 바위를 끼고 돌아 순간순간 경관이 악산이라는 말을 실감하게 한다.

기암괴석을 끼고 멋지게 자란 소나무가 한껏 그 모양새를 자랑하고 있다. 역시 바위와 소나무는 한 폭의 그림이다. 수수하니 기름나물이 지나는 나그네의 눈길을 사로잡는다. 만경대에 도착했다. 만경대는 운악산에서 경관이 가장 멋진 곳이다. 정상에는 사실 정상석뿐이지만 만경대에서는 청계산, 명지산, 연인산, 관음산, 사향산, 명성산, 각흘산, 광덕산 등이 조망될 정도로 전망이 좋다. 만경대에서 잠시 땀을 식히고 정상으로 다시 출발한다. 드디어 정상에 도착했다. 정상의 정상석은 두 개가 있는데 하나는 가평군에서, 하나는 포천시에서 세웠다. 두 개 중 어느 곳에서도 인증이 가능하다. 정상에서 잔으로 팔던 막걸리 한잔은 어찌 그리 꿀맛이었는지 모르겠다. 지금은 잦은 산불 때문에, 혹은 산에서 음주를 하지 못하도록 한 법률 때문에 막걸리를 팔지는 않는다.

이제 하산길로 접어든다. 기왕이면 다양한 볼거리를 위해 원점회귀하지 않고 맞은편으로 하산하기로 했다. 약 5분 정도 내려가니 남근바위가 산중턱에 우뚝 서 있다. 어찌 그리 이름도 잘 지어놨는지! 현등사 방향으로 하산하는 길에는 남근바위 말고도 코끼리바위를 볼 수 있다. 정말 바위 모양이 마치 길다란 코끼리의 코가 내려와 있는 것 같다. 코끼리바위를 지나면 운악산 3대 폭포 중 하나인 백련폭포와 무우폭포1, 무우폭포2가 있는데 커다란 바위를 타고 흐르는 물줄기가 잔잔하면서도 맑디맑다. 백련폭포를 지나면 현등사가 나오는데 신라 법흥왕 때 창건된 고찰로 고려 희종 때 보조국사(普照國師)가 석등을 발견하고 여기에 재건하여 현등사라 하였다. 그 뒤 여러 번 중수하여 오늘에 이르렀는데 현재 지진탑(地鎭塔)을 비롯한 많은 문화재가 남아 있다. 그곳에는 108계단이 있는데 이 계단을 다 오르면 모든 근심걱정을 잊고 해탈하게 되려나!

현등사를 지나면 삼충단이 있는데 일제의 무단 침략에 항거하다 자결한 조병세, 최익현, 민영환 선생을 기리기 위해 가평의 유지들(내시부지사 나새환, 첨지 김두환, 현등사 주지 정금명)이 1910년에 만든 제단이라 한다. 이들은 1905년 을사조약이 체결되자 유서를 남기고 자결하였으며 최익현 선생은 의병을 조직하여

만경대 표지석

운악산 정상석(좌: 가평군, 우: 포천시)

남근바위

코끼리바위

108계단

백련폭포

제1무우폭포

제2무우폭포

삼충탑

싸우다 체포되어 단식하다 1906년 대마도에서 순국하였다 한다. 1931년 만주사변으로 단이 사라졌으나 1988년 유지 39인이 삼충단을 복원, 기념비를 세웠으며 향토문화재 제12호로 지정되었다. 삼충단을 사이에 두고 제1무우폭포와 제2무우폭포가 있다. 수량도 제법 많아 마음 같아서는 발이라도 담그고 싶지만 상수원 보호구역이란다. 아쉬운 마음을 뒤로하고 운악산의 산행을 마무리한다.

가평은 언제 와도 물이 참 맑은 곳이다. 운악산에는 위의 3개 폭포 외에 화현면 쪽에 있는 무지개폭포도 있는데 무지개폭포는 무지치폭포라고도 하며 왕건(王建)에게 왕위를 빼앗기고 도망 온 궁예(弓裔)가 여기에서 상처를 씻었다는 전설이 전해지고 있다. 폭포 위쪽으로는 궁예의 옛 대궐터라고 전해지는 곳과 성터라고 전해지는 곳이 있다. 이 성은 신라 말 호족의 역사를 밝히는 귀중한 자료로 평가받고 있다.

운악산에는 운주사와 현등사라는 절이 있는데, 운주사 쪽에서 오르는 코스가 산 반대쪽인 현등사에서 오르는 코스보다 더 험한 편이다. 산기슭에는 운악산 자연휴양림이 있어 매년 많은 관광객들이 방문하고 있다.[43]

★ 가을철 산행 시 주의사항 - 심장돌연사 예방

일교차가 심해지면 늘어나는 것이 바로 심장돌연사이다. 특히 9~11월에 발생하는 산행 안전사고 중 심장돌연사가 전체 109건 중 60건을 차지한다는 조사 결과가 있다.[44] 기온의 변화에 적응하지 못하여 발생하는 심장돌연사는 가을철에 특히 많이 일어나기에 사전에 CPR을 교육받은 일행과 동행하는 것도 좋은 방법이다. 무엇보다 중요한 것은 자신의 체력과 건강에 맞는 산행계획을 세우는 것이다. 조금이라도 몸의 이상이 느껴진다면 지체하지 말고 주위에 도움을 요청하는 것이 바람직하다.

---

43 『포천 군지』(포천 군지 편찬 위원회, 1997), 「포천시 관광 지도」(포천시, 2012), 포천시청 문화 관광(http://tour.pcs21.net/)

44 환경부 산하 국립공원관리공단 2017. 9. 29. 보도자료

37.

부드럽고 유연한 차령산맥 줄기 따라

- 광덕산(699.3m)

광덕산은 해발 699.3m로 돌이 없고 크게 '덕'을 베푸는 등산코스로 전국에 잘 알려져 있는 100대 명산 중의 하나이다. 정상에 서면 차령산맥의 크고 작은 봉우리들이 파노라마처럼 겹겹이 펼쳐지고 발아래로는 광덕사가, 서북쪽으로는 송악저수지가 아스라이 보인다. 호두나무가 무성한 광덕사 주변은 갑신정변을 일으켰던 풍운아 김옥균, 임시정부 주석 김구 선생 등 역사적 인물들이 은신했던 곳으로 알려져 있다.[45] 또한 광덕산의 이름은 광덕사(廣德寺)라는 사찰의 이름에서 비롯되었는데 '광덕'은 부처의 덕을 널리 베푼다는 불교적인 명칭으로서, 광덕면 일대의 광덕리, 지장리 등의 이름도 이러한 불교적 영향을 받은 것으로 추정된다.[46]

광덕산은 이름의 유래에서 언급한 바와 같이 완만한 산행로를 자랑한다. 시작부터 큰 어려움 없이 뒷동산을 오르는 기분으로 산행을 한 곳으로 기억한다. 기름나물꽃과 미역취, 이삭여뀌 등 수수한 야생화가 심심치 않게 있어 더욱 좋았던 광덕산을 올라보자. 강당골 주차장에서 출발한 광덕산은 오솔길같

45 천안시 문화관광(http://www.cheonan.go.kr/tour.do/)

46 대한불교 조계종 광덕사(http://gwangdeok.org/)

광덕산 정상석

미역취

박하

이삭여뀌

비짜루

기름나물

장군바위

장군 약수터

용담교

이 조성해놓은 바윗길을 지나 어렵지 않게 정상에 오를 수 있다. 마치 뒷동산에 온 듯한 기분으로 오른 것 같다. 광덕산은 아산시와 천안시에 걸쳐진 산이라 두 곳의 지명이 사이좋게 한 정상석에 표시되어 있다. 이제 하산길에 접어든다. 기왕 왔으니 조금이라도 더 보고 가려고 살짝 우회길로 돌아간다. 비짜루라는 식물과 노랑 미역취도 한창 예쁠 때, 이삭여뀌도 이에 질세라 다투어 피어 있다. 하늘빛도 참 곱다.

드디어 장군바위에 도착했다. 전설에 따르면 허약한 젊은이가 산속을 헤매다 어디선가 떨어지는 물소리를 듣고 마신 뒤 마치 장군처럼 건강해졌다는 전설이 있는 곳이라는데 바로 아래에는 장군이 마셨다는 장군 약수터도 있다. 지금은 관리가 잘 되지 않아 음용수로 사용하기는 어려워 보여 전설만 담고 왔다. 향기 좋은 박하꽃이 지천으로 피었다. 근처에는 추어탕 먹을 때 넣어먹는 산초가 이제 막 여물기 시작했다. 다 영글면 벌어지면서 마치 인형 눈처럼 반짝이는 까만 열매가 보인다.

갈림길에 다다르니 토실토실한 알밤이 떨어져 있다. 다람쥐들 양식이라 기념으로 폰에 담고 주차장 방향으로 하산한다. 머지않아 곱게 물들 단풍잎과 그 아래 비단처럼 고운 이끼가 보기 좋게 어우러져 있다. 드디어 강당사 앞 용담교를 지나 광덕산 산행을 마친다.

광덕산의 광덕사는 신라 선덕여왕 재위기인 637년에 자장율사가 창건하고 서기 836년 흥덕왕 재위기에 진산조사가 중건하였다는 창건 설화가 전하고 있다. 임진왜란 때 대부분의 암자가 소실되었으나, 선조 재위기에 다시 중건된 이력이 있다. 또한 광덕산 인근의 광덕면은 전국 호두 생산량의 30% 이상을 차지하고 있는 것으로 유명하며, 1290년(고려 충렬왕 16)에 영밀공(英密公) 유청신(柳淸臣)이 원나라로부터 호두의 열매와 묘목을 처음 들여온 곳이라 전해지는 곳이다. 결국 호두과자로 유명한 천안의 명성은 광덕산으로부터 시작된 것이라 해도 과언이 아닐 것이다.[47]

★ 가을철 산행 시 주의사항 - 랜턴 또는 손전등 준비

가을이 되면 하루 중 낮의 길이가 확연히 줄어드는 것을 알 수 있다. 장거리 산행을 계획하였다면 일몰시각을 미리 알아보고 준비물을 챙겨야 한다. 자칫 날이 저물어 야등을 하게 된다면 손전등을 이용하여 안전에 만전을 기해야 하기 때문이다. 만약 손전등이 따로 없다면 핸드폰을 이용해도 좋지만 핸드폰을 이용할 경우 미리 배터리를 점검하여 전등으로 활용할 수 있도록 준비해야 할 것이다.

47 『한국 지명 유래집』-충청 편(국토해양부 국토지리정보원, 2010), 「1:25,000 지형도」-광덕(건설부 국립 건설 연구소, 1970), 국토해양부 하천 관리 지리 정보 시스템(http://www.river.go.kr/), 농촌진흥청 한국 토양 정보 시스템(http://asis.rda.go.kr/), 대한불교 조계종 광덕사(http://gwangdeok.org/), 한국 지질 자원 연구원 지질 정보 시스템 (http://geoinfo.kigam.re.kr/)

38.

구름 속의 비경을 담은 곳

- 선운산 수리봉(336m)

선운산은 높이 336m로 그리 높지 않은 산이지만 울창한 수림과 계곡, 사찰과 많은 문화재가 있다. 이 일대 43.7㎢가 1979년 12월에 도립공원으로 지정되었으며 호남의 내금강으로 불린다.

선운산의 명칭은 본래 도솔산(兜率山)이었으나 백제 때 창건한 선운사(禪雲寺)가 있어 선운산이라 불리게 되었다. 선운이란 구름 속에서 참선한다는 뜻이고 도솔이란 미륵불이 있는 도솔천궁을 가리킨다.[48]

선운산은 등산로 입구에 송악이라는 천연기념물 제367호가 있는데 상춘등, 토고등 또는 용린이라고도 하는 상록덩굴식물로 선운사로 들어가는 길가의 절벽에 붙어서 자라고 있다. 그 길이가 15m 정도로 퍼졌으며, 가슴 높이 둘레가 80㎝ 정도인 노거수다. 들어가는 입구 좌측에 있는데 자칫 스쳐 지나갈 수도 있으니 잘 보고 가야 한다. 도솔암 들어가는 길에는 상사화(꽃무릇)가 시들어가고 있는데 만개하였을 때는 천지가 불타는 듯 아름답다. 명산 인증을 위해 처음 방문했을 때는 이미 시들어서 흔적만 있었으나 다음 해 방문해서 기어이 불타는 상사화를 보고야 말았다. 날씨가 흐려서 비가 많이 오면 어쩌나 걱정했는데 다행스럽게도 멎었고 오히려 비가 온 뒤라 그런지 시야가 깨끗하

48 『한국지지(韓國地誌)』-지방편(地方篇) Ⅳ(건설부 국립지리원, 1986), 『관광한국지리(觀光韓國地理)』(김홍운, 형설출판사, 1985), 『한국관광자원총람(韓國觀光資源總覽)』(한국관광공사, 1985)

여 좋았다. 산행로를 걷다 보면 선운사를 지나게 되는데 마당에 잘 익어가는 감나무가 있어 흐린 가을날 운치를 더해준다.

송악

선운사에는 여러 전설이 있는데 특히 도적들을 교화시켜 소금 굽는 일을 시켰고 그에 대한 보답으로 보은염공양의 관습이 선운사에 전해 내려온다고 한다. 또한 조계종 24교구의 본사로 검단선사가 창건했으며 대참사(참당사)는 진흥왕의 왕사인 의운국사가 창건했다고 전한다. 또한 현재는 도솔암, 석상암, 동운암과 함께 참당암이 있는데, 옛날에는 89 암자가 골짜기마다 들어섰던 것으로 전해진다.[49] 선운사 옆 도솔천과 담장을 따라 고즈넉한 선운사의 기와 담장이 멋지다. 담장이 끝나면 나란히 쌓아올린 정성탑이 보이고 정성탑이 끝나면 '장사송' 또는 '진홍송'이라고 하는 커다란 소나무가 있는데, 이 지역의 옛 이름이 장사현이었던 것에서 유래한 것이며, 진홍송

도솔암 안내석

선운사

장사송(진흥송)

49 여행스케치, 청양(https://blog.naver.com/na1004kys/222066969514/)

은 옛날 진흥왕이 수도했다는 진흥굴 앞에 있어서 붙여진 이름이다.

장사송을 지나면 바로 등산로가 시작되는데 경사진 계단을 따라 오르면 커브를 틀자마자 병풍바위 경관이 웅장함을 드러낸다. 쥐바위를 지나 천마봉에서 바라본 선운사 단풍이 멋지다. 인증 당시에는 선운산의 봉우리 표지석들이

병풍바위

천마봉 정상석(284m)

파란색의 작은 표지였는데 지금은 봉우리마다 새로운 표지석을 세워놓았다. 천마봉에도 표지석이 멋지게 세워져 있다.

멀리 배맨바위가 보이고 배맨바위를 지나면 선운산에서 가장 높은 봉우리인 낙조대를 만난다. 낙조대는 드라마 '대장금' 촬영지로 유명해진 곳이라 하는데 대장금에서 김 상궁이 떨어져 죽었다는 김 상궁 바위가 있고 그 때문인지 인증샷을 찍는 산객들로 붐빈다. 낙조대를 지나 조금 아래쪽으로 가다 보면 커다란 바위가 마치 굴처럼 생긴 용문굴을 만나는데 커다란 바위 하나가 공중에 떠받쳐져 있어서 어떻게 보면 고인돌 같은 느낌이 나기도 한다. 용문굴을 지나서 뒤돌아보면 더욱 멋진 경관을 마주하게 되는데, 가끔 산을 다니면서 이렇게 뒤돌아보며 얻는 수확이 있어 이따금씩 돌아보는 습관이 있다. 삶에서도 가끔 이렇게 뒤돌아보면서 얻는 즐거움을 느끼며 살아가길 바란다.

배맨바위

낙조대(김 상궁 바위)

용문굴

포갠바위

산행로에 간혹 뒤늦은 상사화가 피어서 눈을 즐겁게 한다. 하얀 삽주꽃에 앉은 노랑나비는 떠나는 가을이 아쉬운가보다. 새싹이 나는 상사화도 있다.

앗! 자칫 지나칠 뻔한 포갠바위다. 자그마한 바위 두 개가 포개져 있어서 포갠바위라는 이름이 붙었나 보다. 드디어 선운산의 인증장소인 수리봉에 도착했다. 높지는 않지만 선운산의 아름다운 기암괴석을 다 보려면 꽤 긴 거리를 돌아야 할 것 같다. 그만큼 아름다운 곳이라는 이야기로 대신한다.

수리산 정상석

9월 중순에서 말쯤 선운산을 방문하면 활짝 핀 상사화를 볼 수 있다. 선운사까지만 가도 너무 아름답다. 선운사에서 도솔암 방향으로 오르는 길목에 있는 진흥굴(眞興窟)에는 좌변굴(左邊窟)이 있는데 신라 진흥왕이 왕위를 버리고 중생 구제를 위해 도솔왕비와 중애공주를 데리고 입산, 수도한 곳이라 전한다. 도솔암(兜率庵)은 선운사 남서쪽 약 2.5㎞ 지점에 있으며 깊은 계곡과 울창한 소나무 숲, 대나무 숲, 절벽 등으로 둘러싸여 있다. 암자 앞에는 높이 20m가 넘는 천인암(千因巖)이라는 절벽이 있으며, 서쪽 암벽 위에는 상도솔암(上兜率庵)이라고도 하는 내원암이 있고 그 밑의 절벽에는 미륵장륙마애불(彌勒丈六

磨崖佛)이 조각되어 있는데 머리 위에는 거대한 공중누각을 만들어 보호했던 흔적이 남아 있다. 용문굴(龍門窟)은 기출굴(起出窟)이라고도 하는데, 검단선사가 절을 짓기 위해서 도솔암 서쪽 용태에 살고 있던 용을 몰아낼 때 용이 가로놓인 바위를 뚫고 나간 구멍이라 하며 그 터(址)가 내원암 남쪽에 남아 있다. 그밖에도 봉수암(鳳首巖), 선학암(仙鶴巖), 수리봉 등이 절경을 이루며, 이름 없는 동굴이 곳곳에 있다. 그 외에도 고창 선운사 동백나무 숲(천연기념물 제184호), 고창선운사도솔암장사송(천연기념물 제354호), 고창삼인리송악(천연기념물 제367호) 등이 있다.[50] 이처럼 선운산은 마치 보물창고와도 같다.

★ 가을철 산행 시 주의사항 - 가을철 산행 시 등산화

등산화는 발가락과 신발 사이가 1.5㎝ 정도 여유 있는 것이 좋다. 추워진 날씨에 혈액순환이 안 되면 동상에 걸리기 쉬울 뿐만 아니라 에너지 소모량도 많아지고 그만큼 피로감이 상승하는 원인이 되기도 한다. 찬바람이 불면서 두꺼운 양말을 신는 계절이므로 약간 여유 있는 등산화가 좋다.

50 『한국지지(韓國地誌)』-지방편(地方篇) Ⅳ(건설부 국립지리원, 1986), 『관광한국지리(觀光韓國地理)』(김홍운, 형설출판사, 1985), 『한국관광자원총람(韓國觀光資源總覽)』(한국관광공사, 1985), 고창군문화관광(http://culture.gochang.go.kr/)

39.

아기자기한 기암괴석을 품은 홍성의 보물

- 용봉산(381m)

용봉산은 높이 381m로 나지막하며, 험하지는 않지만 기암괴석과 봉우리로 이루어져 충남의 금강산이라 불린다. 이 산의 이름은 용의 몸집에 봉황의 머리를 얹은 듯한 형상인 데서 유래했다. 또한, 장군바위 등의 절경과 백제 때 고찰인 용봉사와 보물 제355호인 마애석불을 비롯한 문화재가 곳곳에 산재해 있다. 용봉산 정상에서 바라보는 예산의 덕숭산(수덕사), 서산의 가야산, 예당평야의 시원한 경치도 일품이다.[51] 그 아름다운 용봉산을 지금부터 올라보자.

용봉산은 한마디로 바위들의 전시장이다. 시선이 머무는 곳마다 아기자기하고 멋진 바위들이 즐비하다. 최영 장군 활터에 올라서니 최영 장군이 소년 시절 애마의 능력을 시험하기 위해 말과 내기를 했다는 이야기가 적혀 있는 표지판이 있다.

최영 장군 활터에는 팔각정이 있는데 팔각정에서 보이는 조망은 시원스럽고 아름답기 그지없다. 정상으로 가는 내내 크고 작은 바위들이 눈을 호사스럽게 하는데 지루할 틈을 주지 않는다. 드디어 정상에 도착했다. 코스별로 다르기는 하지만 약 40분이면 정상에 오를 수 있는 용봉산은 나지막한 동산 같고

51 홍성 문화관광(http://tour.hongseong.go.kr/)

그리 어렵지 않은 코스이다. 여기가 맞나 싶을 정도로 금방 올라왔지만 사실 용봉산 산행은 지금부터이다.

다양한 용봉산 바위들

최영 장군 활터

용봉산 정상석

능선을 따라가다 보면 다양한 기암괴석을 볼 수 있으니 이제부터 기대해도 좋다. 우선 인증을 한 다음 노적봉으로 향한다. 노적봉에 도착하면 기암괴석과 마주하게 된다. 악귀봉으로 가는 길목에 바위 옆으로 난 길을 가다 보면 옆으로 크는 나무가 있는데 바위와 함께 어우러져 마치 분재 형태와 같은 아름다운 소나무를 볼 수 있다. 이 작은 나무의 수명은 100년이나 된다고 한다. 그 옆으로 촛대바위, 행운바위 등 다양한 바위를 끊임없이 만나게 된다.

옆으로 자라는 소나무

촛대바위

행운바위

악귀봉

두꺼비바위

악귀봉 흔들바위

악귀봉에 도착하면 악귀봉 바로 아래 전망대가 있는데 그곳에 가면 두꺼비바위를 조망할 수 있다. 두꺼비바위는 마치 하늘을 보고 서 있는 듯한 모양인데 흡사 두꺼비 화석처럼 생겼다. 악귀봉을 넘어서면 신기한 물개바위와 삽살

물개바위

삽살개바위

용바위

의자바위

병풍바위 상단

병풍바위 하단

개바위를 만날 수 있고 그 뒤로도 이름 모를 기암괴석이 이어진다. 약간 경사를 오르고 나면 만날 수 있는 용바위는 용봉산의 이름과도 관련이 있는 바위다. 보는 방향에 따라 모양이 다른 용바위를 지나 전망대로 향한다.

덕산전망대에서는 홍성 일부가 보이는데 골짜기마다 자연이 빚어낸 예술작품이라는 표현이 딱 어울리는 산이다. 그 사이로 곱게 자란 미역취가 강인한 생명력을 느끼게 한다. 병풍바위 위에서 솔솔 불어오는 바람을 맞으며 의자바위에 앉아 포즈를 취하며 주거니 받거니 사진 찍기에 여념이 없다. 병풍바위에서 멀리 용바위가 조망된다. 정말 멋진 경관이다. 이외에도 수많은 기암괴석이 용봉산 곳곳에 담겨 있다. 아쉬움을 뒤로하고 용봉사 방향으로 하산하는데 바위 틈새에 구절초가 화사하게 피었다.

용봉사는 대한불교 조계종 제7교구 본사인 수덕사(修德寺)의 말에 창건된 사찰이다. 정확한 창건 연대는 알 수 없고 현존하는 유물로 볼 때 백제 말기에 창건된 사찰로 추정하고 있다. 또한 용봉사에 1690년(숙종 16)에 조성한 괘불이 있는 것으로 보아 그 무렵 사찰이 존속하였음을 알 수 있다. 이 괘불은 영산회상도로서 제작년도가 분명하고 기법도 뛰어나 보물 제1262호로 지정되어 있다. 현 사찰 서편의 조금 높은 곳에 있던 옛 절이 명당임을 안 평양조씨(平壤趙氏)가 절을 폐허화시키고 그 자리에 묘를 썼으며, 현존하는 사찰은 1906년에 새로 세운 것이다. 18세기 후반 무렵 폐사되었으나 1980년 무렵에 중창되었고, 1982년에는 대웅전을 새로 지었다. 유물로 보아 조선 후기까지 이 절이 수덕사 못지않은 대찰이었다는 구전(口傳)을 믿을 만하다. 이 절에서 용봉산을 넘으면 높이 7m의 미륵암 미륵불이 있다.[52] 용봉사를 지나면 커다란 암벽에 통일신라시대의 마애불입상은 충청남도유형문화재 제118호로 높이 210㎝이고 바위에 새겨진 명문(銘文)에 799년(소성왕 1년)에 만들어졌다고 적혀 있다.

52 『전통사찰총서』 13(사찰문화연구원, 1999), 『명산고찰 따라』(이고운 · 박설산, 신문출판사, 1987), 『충청남도지』(충청남도, 1979)

용봉사

마애불

구절초

일주문을 지나 용문산의 비경을 뒤로하고 용문산의 하루를 마무리한다. 산행하는 내내 기암괴석으로 탄성을 자아내게 했던 용봉산은 예쁜 바위를 깔아 놓은 듯 아름다운 곳이다. 산행이 처음이라면 이렇게 작고 아름다운 용봉산을 추천한다.

★ 가을철 산행 시 주의사항 - 가을철 산행 시 간식

일교차가 심해지면 에너지소비량이 상승하게 된다. 이동하면서 먹을 수 있는 간단한 간식을 준비하되 땀으로 인한 탈진을 예방하기 위하여 수분이 많은 과일도 좋고 칼로리를 높여주는 견과류, 초콜릿, 사탕 등을 손이 닿기 쉬운 주머니에 넣어 수시로 섭취할 수 있도록 하는 것이 좋다.

40.

발아래 천지를 담다

- 지리산 천왕봉(1,915m)

지리산은 금강산, 한라산과 더불어 삼신산(三神山)의 하나이며, 신라 5악 중 남악으로 '어리석은 사람(愚者)이 머물면 지혜로운 사람(智者)으로 달라진다' 하여 지리산(智異山)이라 불렀다고 전한다. 지리산은 백두산의 맥이 반도를 타고 내려와 이곳까지 이어졌다는 뜻에서 두류산(頭流山), 또는 불가(佛家)에서 깨달음을 얻은 높은 스님의 처소를 가리키는 '방장'의 깊은 의미를 빌어 방장산(方丈山)이라고도 한다. 지리산국립공원(智異山國立公園)은 1967년 12월 29일 우리나라 최초의 국립공원으로 지정된 곳이기도 하며, 그 면적이 440.517㎢에 이른다. 이를 환산하면 무려 1억 3천 평이 넘는 면적이 된다. 이는 계룡산국립공원의 7배이고 여의도 면적의 52배 정도로, 21개 국립공원 가운데서 육지 면적만으로는 가장 넓다.

지리산에는 남한에서 두 번째로 높은 봉우리인 천왕봉(天王峰, 1,915.4m)을 비롯하여 제석봉(帝釋峰, 1,806m), 반야봉(盤若峰, 1,732m), 노고단(老姑壇, 1,507m) 등 10여 개의 고산준봉이 줄지어 있고 천왕봉에서 노고단까지 이르는 주 능선의 거리가 25.5㎞로서 60리가 넘고 지리산의 둘레는 320㎞로서 800리나 된다.[53] 산세로 보나 단풍으로 보나 무엇 하나 빠질 것이 없는 지리산을 올라보자.

---

53 지리산국립공원(http://jiri.knps.or.kr/)

장거리를 달려 마주한 지리산은 입구에 다다르기만 해도 그 장엄함에 탄성이 저절로 나온다. 통천길을 지나 산속으로 들어서자마자 마치 한참 오후나 된 것처럼 산의 깊이가 느껴진다. 약 30분을 오르면 날선 모양의 칼바위가 나오고 그 후로 계속되는 나무계단을 수없이 오르다 보니 망바위에 도착했다. 산 아래쪽에는 아직 초록이 우거져 있는데 망바위 쪽부터 단풍이 조금씩 보이기 시작한다.

칼바위

망바위

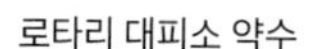

로타리 대피소 약수

법계사 일주문

정상 쪽으로 멀리 보이는 기암괴석이 기대감으로 가슴을 설레게 한다. 어느덧 로타리 대피소에 도착, 간식도 나누고 약수로 목을 축이며 지리산의 장엄함에 대해 담소한다. 여기서부터 천왕봉까지 2.1㎞ 남았다. 등산로 입구와는 사뭇 다르게 거짓말처럼 단풍이 곱게 물들었다. 법계사에서 좌측으로 더 오르면 개선문이 나오는데 커다란 바위가 마치 대문처럼 막고 있고 우리는 그 사이로 지나가야 한다. 개선문을 통과하면 넓은 지리산의 아름다운 단풍이 펼쳐진 경관을 볼 수 있다. 이제 600m만 가면 천왕봉인데 여기부터는 마의 급경사이다. 막 계단을 오르려는데 어떤 산객이 주저앉아서 다리를 주무르고 있다. 아마도 다리에 쥐가 난 듯한데 아무 조치도 취하지 못하고 있어 응급처치를 해주고 다시 출발한다. 혼자서 왔는데 낭패를 당한 듯싶다. 돌계단으로 이루어진 급경사는 그늘이 없어 여름에는 정말 덥겠다는 생각을 하며 한 걸음 한 걸음 발길을 옮긴다. 드디어 천왕봉 정상석과 마주섰다. 지리산 천왕봉 정상석의 뒷면에는 '한국인의 기상 이곳에서 발원되다'라는 글이 새겨져 있다. 그만큼 지리산 천왕봉의 기상이 웅장하다는 의미이기도 할 것이다. 지리산 정상석은 원래 나무 표지목(1960년대)이었는데 1972년에 '만고천왕봉(萬古天王峯) 천명유불명(天鳴猶不鳴)'이라는 남명 조식 선생의 시가 새겨진 표지석을 세웠다. 그러다 1970년대 말쯤 작은 표지석에 천왕봉(天王峯)이라고 새겨진 정상석을 만들었고 1982년에 너무 많은 낙서가 있어 까만 오석으로 다시 세웠으나 작고 볼품없던 정상석이라 그랬는지 7월 이후에 현재의 정상석으로 바꾸었다고 전한다.

원래 뒷부분의 글이 '영남인의 기상 여기서 발원되다'라고 새겨져 있어 지역감정을 초래한다는 여러 사람의 의견에 따라 '영남'을 '한국'으로 다시 새겨서 현재의 정상석이 된 것이라 전한다.[54] 표지목이나 오래전 표지석을 언제 누가 세웠는지 정확히 알 수는 없다.

---

54 연하반(烟霞伴, http://cafe.daum.net/guryeyeonhaban/), 졸리앙팡's blog(http://www.blackstar.pe.kr/)

1960년대

1970년대 초

1982년 교체 전

1982년 교체 후 현재 표지석

정상에서 바라본 경관

개선문

제석봉 고사목

장터목 대피소

하얀 운무가 발아래로 지나고 주목은 천년의 세월을 간직하였고 파란 하늘은 더없이 맑은 그림 같은 지리산 천왕봉의 경관을 온몸으로 느끼고 두 눈에 가득 담고 추억 속에 차곡차곡 쌓고 아쉬운 발걸음으로 하산을 시작한다. 하산은 제석봉 방향으로 잡는다. 조금이라도 더 많은 경치를 보고 가기 위한 작은 욕심이랄까?

통천문을 지나 하산하는 길에는 고사목이 많고, 넓은 평야 같은 제석봉이 있다. 원래는 울창한 숲이었는데 도벌꾼들이 도벌의 흔적을 없애려고 불을 질러 고사목만이 지키고 있다고 한다. 살아서 천년을, 죽어서 천년을 산다는 고사목이 세월의 흔적으로 태풍에 부러지고 비바람에 흩어져 지금은 얼마 남지 않았다. 또한 제석봉은 지리산에서 천왕봉과 중봉 다음으로 높으며 신당이던 제석당(삼심제석, 천주제석, 제석천)과 관련이 있다. 토속신앙인 천신신앙과 결합하여 숭배하면서 제석이란 이름으로 불렀다고 전한다.

제석봉을 지나 완만한 능선길을 걷다 보니 어느새 장터목 대피소다. 그런데 여기서 정말 예기치 않게 친구를 만났다. 그 먼 길을 말없이 와서 약속 없이 만나는 우연은 더없이 반갑고 즐거운 추억이 되었다. 가족들과 함께 왔다는 친구와 아쉬운 작별을 하고 다시 하산길에 접어든다. 하산길은 계곡을 끼고 이루어진 너덜길이지만 제법 경사가 있어 녹록지 않은 길이다. 장거리 운전에 10㎞가 넘는 길은 쉽지 않은 코스이다. 법천계곡을 따라 내려오다 보면 시원한 물줄기에 지친 몸과 마음을 치유하게 된다. 그 끝에는 유암폭포가 있는데 거의 다 내려왔다는 증거이다. 유암폭포에 도착하여 깎아지른 듯한 폭포를 감상한다. 정말 시원하고 멋진 곳이다. 유암폭포를 지나면 홈바위교 일대의 돌밭에 크고 작은 정성탑이 산더미처럼 쌓여 있다. 누가 저렇게 간절한 소망을 담아서 쌓아올렸을까. 시원한 계곡을 따라 끊임없이 이어진 아름다운 산줄기, 골골이 첩첩산중 나그네의 발길이 닿지 않는 곳까지 그 아름다움과 멋스러움을 뒤로하고 떠나는 발길은 아쉽기만 하다.

유암폭포　　　　법천계곡

홈바위교 일대 정성탑

누군가가 말했다. 지리산은 지루해서 지리산이라고. 다른 산길에 비해 길었던 것은 사실이지만 언제, 누구랑 가느냐에 따라 그 지루함마저 잊을 수 있는 곳이다. 특히 단풍이 좋은 계절이라면 지루할 만한 거리의 지리산도 즐겁게 산행이 가능하다. 중요한 것은 절대로 시간을 빠듯하게 잡지 말아야 한다는 점이다. 모든 산행이 그렇지만 일정을 너무 빠듯하게 잡게 되면 급한 마음에 산행의 본질을 잃게 된다. 많은 것을 느끼면서 산을 마음속에 담고 오려면 시간을 넉넉히 두고 산행계획을 잡기 바란다.

★ 가을철 산행 시 주의사항 - 벌레, 진드기에 주의

가을철 산행 시 또는 산행 후 주의해야 하는 것들 중 하나가 벌레나 진드기를 확인하는 것이다. 여름철은 물론 가을철, 특히 피부에 심각한 염증을 유발하고 심하면 목숨도 위태롭게 할 수 있는 살인 진드기나 산모기를 피하기 위해서는 긴팔과 긴바지를 입도록 하고 산행이 끝나면 진드기가 있지 않은지 꼼꼼히 살피는 것이 중요하다. 만약 산행 후 발열, 두통, 발적 등의 증상과 더불어 신경통 증상이 나타난다면 병원에서 진료를 받는 것이 좋다.

41.

신비한 자연의 섭리

- 마니산(472.1m)

강화도 마니산의 높이는 472.1m이며 원래 이름은 우두머리라는 의미로 마리산, 머리산이라고도 불렀다 한다. 특히 마리란 머리를 뜻하는 고어인데 전 민족의 머리로 상징되어 민족의 영산으로 숭앙되어왔으며, 강화도와 떨어져 있는 섬이었으나 가릉포와 선두포에 둑을 쌓은 후부터 육지화되었다. 강화도에서 가장 높은 산이며 단군왕검이 강림한 장소로 유명한 높이 5.1m의 참성단(사적 제136호)이 있다. 이곳에서 전국체육대회의 성화가 채화되며, 매년 개천절에는 제전이 올려진다. 옛날 방어의 목적으로 설치한 진보, 장곶보를 비롯한 유적이 많다. 딸아이를 결혼시키고 허전한 마음을 달래고자 친구와 찾은 마니산, 나지막하고 아기자기한 마니산을 올라보자.

상방리 주차장에 주차를 하고 야영지를 지나 포장도로를 오르다 보면 좌측으로 계단로 코스가 나온다. 이 코스는 시작지점부터 계단이 나오는데 기 받는 160계단이라고 적혀 있다. 이 계단을 올라가면 마니산의 기를 듬뿍 받을 수 있나 보다. 한 계단 한 계단 오를 때마다 이 가을의 마지막 단풍이 가을 햇살에 눈부시다. 마니산에는 나무꾼과 신선의 설화가 전해오는데, 옛날에 나무꾼 3명이 나무를 하려고 마니산에 올랐다가 숲속에서 이상한 행색의 노인들이 바둑을 두는 것을 보고 함께 어울려 노인들이 권하는 술을 마시며 시간 가는 줄 모르다가 날이 저물어 산을 내려와 살던 동네로 와보니 그 동네에서는 세월이 흘러 300년이 지난 뒤였다. 동리 친구들은 이미 세상을 떠났고 노인들이 권하여 마신 술은 바로 불로주였음을 알게 된다. 이때부터 '신선놀음에 도낏자루 썩는 줄 모른다'라는 말이 생기게 되었다 한다.

단풍과 급경사 아래로 보이는 경관에 빠져 걷다 보면 어느새 참성단이 코앞이다. 참성단은 자연석을 쌓은 것인데, 기단(基壇)은 지름 4.5m의 원형이고 상단은 사방 2m의 네모꼴로 되어 있다. 이는 단군왕검이 하늘에 제를 지내기 위하여 설치하였다는 높이 5m의 참성단(塹城壇, 사적 제136호)이다. 고려시대와 조선시대에도 참성단에서 하늘에 제를 올렸다고 한다. 단역에는 수천 년 동안 계속 수축된 흔적이 있다. 정확한 수축 기록은 1639년(인조 17)과 1700년(숙종 26)에 남아 있다.

현재 마니산은 성역(聖域)으로 보호되어 있다.[55] 참성단 바로 옆에는 천연기념물 제502호로 지정된 소사나무가 150년의 수명을 자랑하면서 묵묵히 자리를 지키고 있다. 참성단을 지나 좌측으로 100명산을 인증하는, 커다란 통나무로 된 정상 표지목이 있다.

표지목 앞에는 헬기장이 있고, 점심을 먹는데 고양이가 어찌나 많은지 아마도 7~8마리는 되는 듯하다. 시원한 바람과 함께 영종도와 강화의 갯벌이 살아 숨 쉬는 바다의 아름다운 경관을 벗 삼아 꿀맛 같은 점심을 먹고 하산 준비를 한다.

참성단을 지나 바다를 좌측으로 두고 함허동천 방향으로 하산길을 잡는다. 여기서부터는 약간의 암릉과 함께 시선만 돌리면 시원하게 보이는 바다가 있어 마니산의 산행은 절정을 이룬다. 소나무 사이로 지는 해가 더욱 빛나 보이는 것은 아마도 바다에 반사된 햇빛이 어우러졌기 때문일 것이다. 약수터 방향

---

55 『강도지(江都志)』, 『고려사(高麗史)』, 『세종실록지리지(世宗實錄地理志)』, 『신증동국여지승람(新增東國輿地勝覽)』, 『여지도서(輿地圖書)』, 『강화(5-12)의 자연환경: 마니산』(환경부, 1999), 『한국지명총람』(한글학회, 1985), 『경기도지』 하(경기도, 1957)

정상 표지목

참성단

영종도

으로 하산하는데 고운 단풍길이 이어진다. 터널 같은 바위 사이를 지나 하산하는 길은 완만하여 오솔길을 걷는 느낌이다. 크게 어려운 구간이 없고 코스도 길지 않아서 초보자들도 쉽게 다녀올 수 있는 마니산 일정을 마무리한다.

마니산 일대의 산지들은 오랫동안 침식을 받은 구릉성 산지이다. 북쪽 사면 이외에는 급경사를 이루며, 기반암은 화강암과 결정편암이다. 기암절벽이 솟아 있는 산정 부근은 경사가 심하며, 서해안에 산재한 섬과 김포평야 등을 한눈에 볼 수 있다. 많은 시간을 할애하기 어려운 상황에서 산행을 즐기고 싶다면 마니산에 올라보는 것은 어떨까?

★ 가을철 산행 시 주의사항 - 산불 예방

날씨가 건조해지고 낙엽이 쌓이기 시작하는 계절은 산불이 많이 일어나는 시기이다. 건조한 날씨에는 조그만 화기도 금방 큰불로 이어질 수 있으며 산불은 인재와 더불어 큰 재난손실로 이어진다. 한 해의 산불 중 27%가 등산객으로 인한 산불로, 입산자의 산불조심은 아무리 강조해도 지나치지 않다.[56]

56 2019년 산림청 통계

문화유적을 간직한, 사시사철 수려한 명산

- 서산 가야산(678m)

가야산은 678m로 충청남도 북부 지방에 남북 방향으로 뻗어 있는 소규모 가야산맥에 속하며 덕숭산(德崇山, 495m)과 함께 1973년 3월에 덕산도립공원으로 지정되었다. 규모는 작지만 주변에 많은 문화유적을 간직한 명산이다. 주봉인 가야봉을 중심으로 원효봉(元曉峰, 605m), 석문봉(石門峰, 653m), 옥양봉(玉洋峰, 593m) 등의 봉우리가 있다.

신라 때는 가야산사를 짓고 중사(中祀, 나라에서 지내던 제사의 하나)로 제사를 지냈으며 조선시대까지도 덕산현감이 봄, 가을로 고을 관원을 시켜 제를 올렸던 곳이다. 능선을 따라 피어있는 진달래와 억새풀 등 경치가 수려하다. 백제 때 상왕산(象王山)이라 불렀는데, 신라 통일 후 이 산 밑에 가야사를 세운 뒤 가야산이라 하였다.

남연군묘(흥선대원군 아버지의 묘)에서 출발하여 상가저수지를 지난다. 가물어서 그런지 개울의 물이 다 말랐고 그나마 남은 물도 살짝 얼어 있다. 지난 가을의 흔적이 여기저기 남아 외로운 겨울의 단풍이 홀로 달려 있다.

평지처럼 완만한 길이 계속되다가 정상을 약 600m 정도 앞두고 급경사가 시작된다. 올라가는 것도 힘들지만 내려오는 것도 만만치 않은 곳이 여기다. 특히 이른 봄 조금씩 날이 풀리기 시작할 때 이 코스도 언 땅이 녹으면서 매우 질척하고 미끄러운 길이 된다. 이제 마지막 50m 계단만 오르면 정상이다.

드디어 정상에 도착하여 명산 인증을 하고 우측으로 보이는 봉우리 석문봉으로 향한다.

남연군묘

상가저수지

가야산 정상석

석문봉까지는 약 1.48㎞이다. 이동하는 길에는 거북바위와 소원바위, 사자바위가 있다. 사자바위는 측면에서만 볼 수 있다. 진짜 사자처럼 생겨서 마치 으르렁거리는 모습처럼 보인다. 가야산 정상에서 석문봉으로 가는 길은 기암괴석과 더불어 경관이 수려하다. 아찔하게 높은 절경과 바위로 이루어진 능선은 계절 없이 명산임을 보여준다. 드디어 석문봉 정상에 도착했다. 정상에는 태극기와 산악회에서 세운 백두대간 종주 기념탑이 있다. 작은 종달새가 바위에 고인 물에 앉아서 목욕하는 것을 본, 운이 좋은 날이다.

거북바위

소원바위

사자바위

석문봉

이불처럼 쌓인 낙엽의 바스락거리는 소리를 들으며 어느덧 옥계저수지에 다다랐다. 저수지 주위에는 둘레길이 잘 조성되어 있는데 저수지에는 철새들이 많이 쉬고 있었다. 작은 점처럼 보이는 철새들이 가야산의 겨울을 즐기는 듯했다. 활엽수가 많고 진달래나무가 많으며 능선이 길어서 봄에 일정을 잡으면 더욱 아름다울 것 같다. 한 해의 끝자락에 마무리하는 마음으로 다녀온 서산 가야산에 작은 소망 하나를 두고 온 것 같다.

정상에서는 서해가 아련하게 보이고 봄철에는 철쭉과 진달래 등 각종 야생화가 흐드러지게 피어나는 등 사시사철 경치가 수려해 관광객의 탄성을 자아내게 하는 가야산은 백제시대 마애석불의 최고 걸작으로 손꼽히는 국보 제84호 서산마애삼존불상을 비롯한 보원사지, 개심사, 일락사 등이 가야산 자락의 품에 자리를 잡고 있다. 또한 국보 1점, 보물 6점, 기타문화재 4점 등을 비롯한 각종 문화재가 산재해 있어 내포문화권의 핵심지역이라 할 수 있으며, 그 자체가 거대한 문화재라 해도 손색이 없다. 유서 깊은 문화유적과 오염되지 않은 자연경관을 찾아 매년 50만 명 이상의 관광객이 찾아오는 서산 가야산[57]을 한번 올라보자.

★ 가을철 산행 시 주의사항 - 독버섯 주의

추석이 가까워지면 송이버섯 등 다양한 식용버섯을 채취하곤 한다. 국내에 자생하는 버섯은 약 1,900여 종으로 이 중 243종이 독버섯이며 식용버섯은 약 20~30종에 불과하다. 독버섯과 식용버섯은 쉽게 구별되는 것도 있지만 비슷한 것들도 많다. 버섯에 대한 정확하지 않은 지식으로 생명을 위태롭게 하는 안전사고도 많이 발생하는 것이 바로 가을철인데, 전문가가 아닌 한 야생버섯 채취는 가급적 하지 않도록 한다.

57 서산 문화관광(http://www.seosan.go.kr/tour/index.do/)

43.

만항재로 통하는 길

- 함백산(1,572.9m)

함백산은 해발 1,572.9m로 정상에서 태백산, 일월산, 백운산, 가리왕산을 조망할 수 있으며 태백, 한반도의 등줄기를 이루는 백두대간 한가운데 위치하여 사방이 산으로 겹겹이 둘러싸인 태백의 진산이다. 함백산 정상에는 고산수목인 주목과 야생화들이 군락을 이루고 있어 사진작가들의 발길이 끊이지 않으며 새해 해맞이 관광 코스로도 유명한 곳이다.[58]

겨울산은 역시 눈꽃과 상고대가 최고다. 눈꽃을 보기 위해 이른 새벽부터 달려 도착한 함백산의 하늘은 마치 가을처럼 맑았고 그렇게 춥지도 않았다. 눈을 보러 갔는데 눈이 없으면 어쩌지 하고 염려를 했지만 그렇게 좋은 날씨에도 무릎까지 푹푹 빠지는 눈을 보고 왔던 기억이 있다. 만항재에서 출발한 등산로는 두문동재를 지나고 하얗게 덮인 눈으로 인하여 조릿대의 초록 잎이 더욱 푸르게 보였다.

새하얀 눈밭을 보면서 어느덧 우리는 천제단(함백산 기원단)에 도착하였다. 이곳 천제단은 왕이 백성들의 평안을 위해 제를 지냈던 곳이며 함백산 기원단은 백성들이 하늘에 제를 지내던 곳으로 알려져 있다. 뿐만 아니라 광부들이 많

58 태백 문화관광(http://tour.taebaek.go.kr/)

이 들어와 살게 되면서 그들의 안녕을 빌던 곳이기도 하다.[59] 천제단에서는 정상의 라디오 방송 기지국이 조망된다. 그곳이 바로 오늘 목적지인 함백산 정상이다. 생각보다 높지 않다는 생각이 들 만큼 산행로는 완만하다.

두문동재

천제단(함백산 기원단)

정상으로 오르는 길에는 멀리 태백산 선수촌이 보인다. 동산 같은 산행로를 오르면 바로 백두대간의 최고봉 중 하나이며 정선군에 위치한 함백산 정상이다. 함백산의 정상에는 백두대간을 나타내는 둥근 모양의 표지석과 함백산을 나타내는 정상석, 그리고 첨성대를 닮은 돌탑이 있다. 정상석에서 우측으로는 KBS 송신탑이 있는데 그 때문에 임도가 잘 조성되어 있기도 하다. 정상에서는 태백 선수촌과 덕항산 방향 풍력발전소도 조망된다. 하산하는 길에는 천년의 역사를 기억하는 주목들이 장관이다. 상고대가 있으면 더 멋있겠지만 이 날씨에 이만큼도 감지덕지다.

하산하는 길은 완만한 길이 계속된다. 이어지는 주목은 산객들의 눈길을 끌기에 충분하다. 가벼운 능선을 따라 하산하다 보면 중함백 표지목이 나오고 중함백 표지목은 백두대간 인증 구간이다. 차례로 인증을 한 후 하산을 완료한다.

강원도 쪽의 산들이 대부분 그렇지만 야생화가 특히 많은 곳이 함백산이다.

59 함백산 기원단 표지판

정상석

백두대간

함백산 주목

초봄이 오면 복수초와 노루귀 등 눈 속에서 피는 야생화가 지천이고 구릿대, 가는 기린초 등 다양한 야생화들로 진사들이 찾는 곳이다. 한겨울 정상의 바람은 무엇보다 세차고 차갑지만 눈꽃과 상고대를 보기 원한다면 함백산 산행을 계획해보는 것도 좋겠다.

★ 가을철 산행 시 주의사항 - 가을철 발열성 질환 예방

단풍이 지면 가족 단위, 또는 직장에서 단체로 산행을 하는 경우를 많이 보게 된다. 이때 도시락 등을 먹기 위하여 풀숲에 앉거나 옷을 벗어 아무데나 벗어두고 휴식을 취하는 경우가 있다. 이때 자칫 쯔쯔가무시, 신증후군 출혈열, 렙토스피라증 등 발열을 동반하는 감염증에 노출되는 경우가 있다. 만약 산행 후 고열과 두통 등의 증상으로 코로나19와 비슷한 증상이 나타난다면 지체하지 말고 병원에서 진료를 받아야 한다. 예방을 위해서는 긴팔과 긴바지를 착용하고 휴식은 반드시 쉼터에서 하는 것이 좋다.

44.

덕이 많고 너그러운 모산(母山) 향적봉에서

- 덕유산(1,572.9m)

백두대간의 중심부에 위치한 덕유산은 1975년 10번째 국립공원으로 지정되었으며 행정구역상으로 전북 무주군과 장수군, 경남 거창군과 함양군 등 영호남을 아우르는 4개 군에 걸쳐 있다. 덕유산은 남한에서 네 번째로 높은 산(향적봉 1,614m)으로서 스키장도 유명하다. 최근에는 곤돌라로 쉽게 올라갈 수 있으며 정상에서 바라보는 경치는 그림처럼 아름답다.

곤돌라

상제루 앞 주목

이번에는 곤돌라로 상제루까지 올라갈 예정이라 예약 시간에 늦을까 봐 새벽 일찍 출발했다. 차창 밖으로 미처 서쪽으로 넘어가지 못한 낮달이 곱다. 드디어 도착했다. 어마어마한 인파 속에서 일행들과 즐거운 수다를 하면서 차례가 되기를 기다린다. 곤돌라를 타고 올라가 상제루로 이동한다. 스키장 덕분에 눈이 가득한 등

상제루

산로 입구부터 정상까지 눈이 쌓여 아이젠 없이 산행할 수 없다고 국립공원 측에서 계속 방송을 하고 있다. 설천봉의 상제루는 멋진 성곽에서 내려다보이는 경관도 아름답지만 상제루 건축물 자체만 해도 멋지다.

여기서부터 본격적으로 등산이 시작된다. 가는 내내 길이 눈으로 가득하다. 아이젠이 없었으면 아마도 미끄러워서 올라가지 못했을 것이다. 짧은 거리지만 높은 만큼 주목이 멋스럽고 겹겹이 둘러쳐진 산허리, 멀리 보이는 산들과 하늘은 경계가 어디인지도 모를 만큼 파르스름하니 아름답다. 드디어 정상이다. 향적봉에는 계절 없이 많은 사람들이 차례를 기다리고 있다. 정상에는 정상석 외에도 표지목과 정성탑이 있다. 인증은 표지목에서도, 정상석에서도 가능하다.

인증샷을 찍고 난 후 덕유산 정상에서만 느낄 수 있는 멋진 경관에 흠뻑 취해본다. 반대쪽에 있는 향적봉 대피소에서 준비해 온 점심식사를 할 예정이다. 내려가는 계단에서 보이는 경관이 얼마나 아름다운지 연신 셔터를 눌러본다. 여기 덕유산에는 두 곳의 대피소가 있는데 향적봉 대피소와 삿갓재 대피소다. 삿갓재 대피소는 국립공원관리공단 홈페이지에서 예약이 가능하다. 그러나 여기 향적봉 대피소는 개인이 위탁받아 관리하기에 네이버에서 예약해야 한다. 덕유산은 신년에 일출을 보기 위한 등산객이 많은 곳으로, 전에는 전화로 예약했지만 이제는 인터넷으로만 예약 및 이용이 가능하다.

식사 후 하산하면서 팔각정 담장이 멋스러워 주목 몇 그루와 함께 살짝 담아본다. 덕유산은 등산코스도 다양하지만 향적봉에서 바라보는 경관은 정말 그림처럼 아름답다. 정상에서 향적봉 대피소 방향으로 계단을 내려가다 보면 대피소와 산의 어우러짐이 한 폭의 그림이다.

덕유산은 소백산맥의 중앙에 솟아 있으며 북덕유산이라고도 한다. 주봉인 향적봉과 남덕유산을 잇는 능선은 전라북도와 경상남도의 경계로 능선을 따

향적봉 표지목

향적봉 정상석

향적봉 정성탑

정상 경관

향적봉 대피소

라 적상산, 두문산, 칠봉, 삿갓봉, 무룡산 등 높은 산들이 하나의 맥을 이룬다. 북동쪽 사면에서 발원하는 원당천은 계곡을 흘러 무주구천동의 절경을 이루며 금강으로 흘러든다.

덕유산은 1975년 2월 덕유산국립공원으로 지정되었으며 대표적 경승지는 나제통문에서 북덕유산 중턱 아래 백련사에 이르는 무주구천동이다. 33경이 있는데, 나제통문, 가의암, 추월담, 수심대, 수경대, 청류동, 비파담, 구월담, 청류계곡, 구천폭포 등이 있다.

봄 철쭉, 여름 계곡, 가을 오색 단풍, 겨울 설경의 아름다움이 유적과 어우러

져 많은 관광객이 찾고 있으며, 구천동에서 백련사까지 다양한 등산로가 있다.[60]

★ 가을철 산행 시 주의사항 - 충분한 물 준비

날씨가 시원해져도 반드시 물을 넉넉히 준비해야 하는 산행코스가 있다. 예를 들어 설악산 공룡능선, 용아능선, 마등령, 서북주능 등은 물을 보충할 곳이 거의 없으며 있어도 찾기가 쉽지 않고, 그늘도 없는 코스이다. 이때 한낮의 산행은 많은 수분을 필요로 하며 수분이 부족할 경우 지치기 쉽고 탈수증상을 초래할 수도 있기 때문이다. 반드시 산행 전 코스와 수분의 양을 조절하여 준비하도록 해야 한다.

---

60 Daum백과

45.

상고대가 유난히 아름답던 날

- 계방산(1,577.4m)

계방산은 높이 1,579.1m로 차령산맥에 솟아 있으며 주위에 방대산, 오대산, 백적산, 태기산, 황병산 등이 있다. 남쪽과 북쪽 골짜기에서는 평창강의 지류인 속사천과 계방천의 지류가 각각 발원한다. 산의 동쪽 일부는 오대산국립공원에 포함되며 희귀한 동식물이 많다. 또한 남쪽 노동리 영동고속도로변에는 반공소년 이승복 유적지가 조성되어 있다. 겨울 산행의 눈꽃 하면 많은 사람들이 계방산을 꼽는데 특히 계방산은 설악산, 태백산, 지리산, 한라산, 소백산, 남덕유산과 더불어 우리나라 7대 설산중 하나다.[61]

며칠 날씨가 포근했던 탓으로 눈꽃을 볼 수 있을까 하는, 조금은 걱정 아닌 걱정을 하면서 산행은 시작된다. 드디어 입구에 도착하였고 조금씩 눈발이 날리길래 눈이 오는 줄 알았는데 그것이 아니라 나뭇가지와 산에 쌓인 눈이 날리는 것이다.

어쨌든 바닥에는 눈이 있지만 나뭇가지에는 없어서 살짝 실망했다. 그렇지만 정상은 기온차가 있으니 기대감이 아주 없지는 않다. 그럼 계방산의 상고대를 기대하면서 출발해보자.

우와… 사람들이 끝이 없다. 한 줄로 늘어선 것이 어마어마하게 많다. 이만

61 Daum백과

큼 사람이 많은 걸 보니 어쩌면 정상에 상고대가 있을 수도 있겠다. 조금 올라가니 역시 상고대가 보인다. 역시 실망시키지 않는 것 같다. 대신 바람이 장난 아니다. 정상에서는 엄청날 것 같다는 예감이 든다. 긴장되면서도 가슴 설레는 이 기분을 겪어보지 않은 사람은 알 수 없을 것이다.

전망대에 도착하여 바라본 산허리는 안개 같은 눈가루로 뿌옇게 보이지만 신비할 만큼 아름답다. 나뭇가지며 들꽃이며 상고대로 다시 한번 고운 겨울꽃을 피운다.

전망대에서 정상은 그리 멀지 않다. 정상에 도착하니 예상대로 칼바람이 장난 아니다. 서둘러 겉옷을 하나 더 꺼내어 입고 닥치는 대로 사진을 찍는다. 올라온 사람이 많은 만큼 인증샷 촬영도 차례를 기다리는데 꽤 오래 기다려야 한다. 가져간 핫팩이 효자 노릇을 한다.

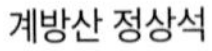
계방산 정상석

상고대

하산하는 길에는 오를 때 미처 보지 못했던 멋진 나무들과 가을날 미리 떨구지 못하고 매달린 단풍나무들이 한 송이 꽃처럼 아름다워 한 컷 찍어본다.

이 산의 일부는 오대산국립공원에 포함되어 있으며, 최근의 학술조사 결과 희귀한 동식물이 서식하고 있는 것으로 밝혀졌다. 산약초, 야생화 등이 많이 서식하며 희귀수목인 주목, 철쭉나무 등이 군락을 이루고 있다. 원시림이 잘 보존되어 있으며, 자연생태계 보호지역으로 지정되어 관리되고 있다.

운두령, 계방산 정상의 경로에서 조사된 조류는 붉은배새매(천연기념물 제323호), 황조롱이, 소쩍새(천연기념물 제324호), 원앙(천연기념물 제327호), 멸종위기 2급인 새흘리기를 포함하여 총 22과 44종 155마리가 관찰되었다.

포유류는 총 8과 10종 37마리가 관찰되었으며, 현지 주민의 설문조사 결과 하늘다람쥐(천연기념물 제328호), 멸종위기 2급인 삵, 담비를 포함하여 총 9과 15종이 서식하고 있는 것으로 조사되었다.[62]

★ 가을철 산행 시 주의사항 - 산행 중에도 기상체크

가을철이라 해도 고산지대에는 일찍 눈이 올 수도 있다. 만약 눈이 올 것 같으면 미처 준비하지 않은 산행준비물이 있는지 체크하고 준비물이 충분하지 않다면 과감하게 등산코스를 조절하여 빠른 하산을 계획하는 것이 필요하다. 계절별로 폭우와 폭설을 대비하는 산행정보가 필요하다.

62 『생태계 변화관찰 보고서, 2006 · 2007』(원주지방환경청, 2008), 『한국의 산 여행』(유정열, 관동산악연구회, 2007), 『아름다운 산과 숲, 그리고 계곡 100선』(동부지방산림청, 2006), 『살기좋은 산촌마을(산촌마을조성 사례집 '95~'02조성완료 59마을)』(산림청, 2003)

46.

섬처럼 아름다운 그곳

- 오서산(1,577.4m)

충남 제3의 고봉인 오서산(790.7m)은 천수만 일대를 항해하는 배들에게 나침반 혹은 등대 구실을 하기에 예로부터 '서해의 등대산'으로 불려왔다고 전한다. 정상을 중심으로 약 2㎞의 주 능선은 온통 억새밭으로 이루어져 억새 산행지의 명소이기도 하다. 마치 남해의 어느 섬처럼 자그마하고 아름다운 곳이다. 뜻하지 않은 보석을 얻은 것처럼 '심쿵' 하고 설레게 했던 작은 산이 있냐고 묻는다면 나는 단연코 바로 '오서산'이라고 대답할 것이다.

앞선 칠갑산에서 많은 땀을 흘린 기억으로 살짝 걱정하며 오른 오서산이었는데 계곡이 있어서인지 제법 시원한 바람이 불어온다. 오솔길처럼 나지막한 산길이 이어지고 곧 월정사 입구에 다다르니 열매처럼 연등이 고목에 달려 있다. 월정사 입구에 활짝 핀 수국이 너무 아름답다. 월정사는 유난히 수국이 많이 피어 있는 것 같다. 월정사를 끼고 도니 약간 신작로 같은 산책로가 이어져 있고 이 길로 등산로가 이어진다. 드디어 본격적인 오서산 산행로에 도착했다. 한 쌍의 표범나비가 한가로이 꿀을 머금으며 날아다닌다. 순하게 생긴 나무들 사이로 오솔길 같은 산길이 이어진다. 급경사에 기암괴석이 약 40~50m 있지만 대체로 완만한 산행길이다.

월정사

보령시 정상석

예전 정상석

홍성군 정상석

멋진 운무가 갑자기 바람에 실려 온다. 산 아래로 바람이 불때마다 마법처럼 운무가 일렁인다. 정상을 앞두고 기지국이 있는데 기지국에서 바라보는 경관은 운무와 어우러져 환상적이다. 이 아름다운 경관은 정말이지 두고두고 기억나는 소중한 추억이 되었다. 원추리꽃과 패랭이꽃이 지천으로 피어 있다. 들꽃은 수수하지만 참 곱고 아름답다. 정상을 약 200m 앞두고 운무와 가을 억새가 멋진 풍경을 선사한다. 마치 섬에 온 것 같다. 이 더운 날씨에 시원한 바람도 오서산에서 얻은 '득템' 중 하나다. 그다지 힘들이지 않고 수월하게 올라올 수 있었던 것은 시원한 바람과 아기자기한 예쁜 경치 덕분이었을 것이다. 무릎까지 자란 초록 아이들이 자라면 가을날 멋진 억새꽃이 필 것이다. 억새는 꼭 가을만 아름다운 것이 아니었다. 자라는 모습도 충분히 멋지고 아름다웠다.

드디어 정상에 도착했다. 100명산 중에서 정상석이 가장 컸던 것으로 기억한다. 정상석은 세 개인데 하나는 거의 2m 정도이고, 보령시에서 세운 것이다. 또 하나는 네모난 것으로 보령시에서 세운 것 바로 옆에 있고, 또 하나는 홍성군에서 세운 것으로 크기는 약 180㎝ 정도이다.

약수터

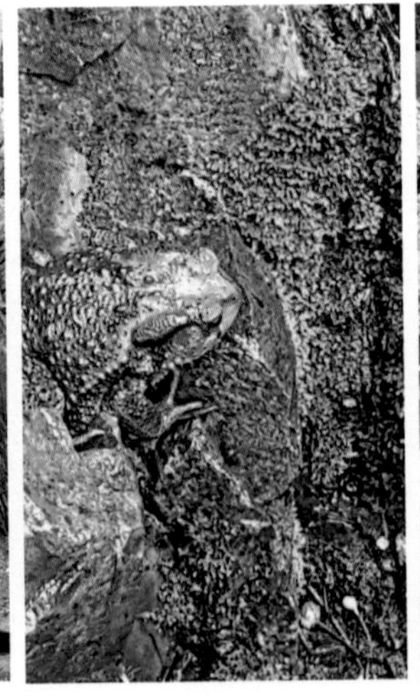
두꺼비

수국

그림 같은 오서산 정상을 뒤로하고 하산하는 길에 들린 약수터에서 좀처럼 보기 힘든 두꺼비를 만났다. 엉금엉금 기어가는 두꺼비도 폰에 담고 월정사를 지나칠 때 다시 수국을 담아본다. 수국은 워낙 좋아하는 꽃이라 봐도 봐도 질리지 않는 아름다운 꽃이다. 오서산은 너무 아름다웠던 기억이 있어 욕심껏 사진을 올려본다.

오서산에는 까마귀와 까치들이 많이 서식해 산 이름도 '까마귀 보금자리'라는 뜻을 가지고 있으며 차령산맥이 서쪽으로 달려간 금북정맥의 최고봉이다. 그 안에 명찰인 정암사가 자리하고 있어 참배객이 끊이지 않는다.

날씨가 맑은 날이면 산 아래로 해안 평야와 푸른 서해바다가 한눈에 들어와 언제나 한적하고 조용한 분위기를 느낄 수 있다. 특히 오서산 등산의 최고 백미는 7부 능선부터 서해바다를 조망하는 것이다. 정암사에서 정상까지의 구간은 가파르면서 군데군데 바윗길이 자리해 약 1시간 동안 산행 기분을 제대로 만끽할 수 있으며, 산 정상에서는 수채화처럼 펼쳐진 서해의 망망대해 수평선과 섬들을 볼 수 있다. 정암사는 고려 때 대운대사가 창건한 고찰로, 주변에는 온통 수백 년생 느티나무들이 숲을 이루고 있다.

그리 험하지 않고 나지막하며 아름답고 아기자기한 경치로, 산행 초보자도 쉬이 올라갈 수 있는 곳으로 추천한다.

★ 겨울철 산행 시 주의사항 - 날씨와 일몰시각 파악

겨울철 산행은 날씨의 영향을 가장 많이 받기에 준비물 또한 매우 각별하다. 특히 안전장비와 함께 일몰까지의 시간도 매우 짧기에 시간 계획에서도 철저한 준비가 요구된다. 날씨 파악은 물론 일몰시각도 미리 알아보고 산행계획을 짜야 사고로부터 안전할 수 있다.

47.

철쭉터널을 지나 비로봉을 향하여

- 소백산 비로봉(1,439.7m)

소백산은 높이 1,439.7m로 1987년 12월 국립공원으로 지정되었으며, 소백산맥의 주봉은 비로봉이다. 소백산맥에는 '희다', '높다', '거룩하다' 등을 뜻하는 '밝'에서 유래된 백산(白山)이 여러 개 있는데, 그중 작은 백산이라는 의미로 붙여진 이름이 소백산이다.[63] 도솔봉을 시작으로 제1연화봉, 제2연화봉, 국망봉 등이 연봉을 이루고 있다. 월전계곡의 제1·2·3폭포와 비로봉 남쪽 비로폭, 석륜암계곡, 죽계구곡 등의 경관이 뛰어나며 연화봉으로 이어지는 남서쪽 능선에는 소백산 주목 군락(천연기념물 제244호)이 절경을 이룬다. 소백산 능선을 따라 제2연화봉의 동남쪽 기슭에는 신라시대 643년(선덕여왕 12)에 창건한 희방사가 있고, 내륙지방에서 가장 높은 곳에 있는 높이 28m의 희방폭포가 자리하고 있다.

부석사는 공원의 가장 동쪽에 위치하며, 부석사무량수전(국보 제18호), 부석사무량수전앞석등(국보 제17호) 등 많은 유물이 있다. 죽령은 제2연화봉 남쪽 약 4㎞ 지점에 있으며, 이들 사이에는 천체관측소인 국립천문대가 있다.[64]

63 『한국의 산지(山誌)』(건설교통부 국토지리정보원, 2007), 『지명유래집(地名由來集)』(건설부 국립지리원, 1987), 『한국지지(韓國地誌)』-지방편(地方篇) Ⅲ(건설부 국립지리원, 1985), 『개고(改稿) 신한국지리(新韓國地理)』(강석오, 대학교재출판사, 1984)

64 Daum백과

청명한 하늘

조형물 같은 눈

어의곡 삼거리에서

며칠 동안 영하 22도 이하로 몹시 추운 날이 계속된다. 아무래도 날씨가 심상치 않지만 추운 만큼 마지막 눈꽃 산행이 될 것 같아 산행일정을 잡는다. 이른 새벽이라 모든 것들이 다 얼어붙은 듯하다. 드디어 어의곡 주차장에 도착했는데 추운 날씨에도 불구하고 등산객이 많기도 하다. 바닥에는 눈이 발목을 덮을 만큼 쌓이고, 날씨가 그렇게 춥다는데 하늘이 정말 청명하기도 하다. 하늘만 보면 가을인 줄 알겠다.

영하 22.5도라는데 조금 걷다 보니 땀도 나기 시작한다. 두꺼운 겉옷은 벗고 좀 더 가볍게 산행을 시작한다. 산수국이 탈색되었지만 고운 자태를 그대로 유지하고 있다. 약간 가파른 길을 약 한 시간정도 올라가니 능선이 시작되고 오솔길처럼 완만한 길이 시작된다. 약 한 시간 정도 더 올라가면 계단이 나오는데 그나마 이쪽 코스가 가장 짧고 완만한 코스다. 소백산에는 다양한 등산코스가 있는데 봄이 되면 철쭉터널을 만날 수 있는 늦은맥이재-국망봉-비로봉 코스, 희방사와 희방폭포를 볼 수 있는 희방사-연화봉 코스 등 백두대간이 이어지는 소백산은 말 그대로 명산이다.

이제 쭉쭉 뻗은 소나무 아래로 눈길이 이어진다. 자작나무는 눈 속에서 더욱 하얗게 고귀한 자태를 뽐내며 화사하게 빛난다. 어의곡 삼거리에 도착하니 소백산 거센 바람의 힘으로 정상까지 이어진 계단에 눈이 작은 조형물처럼 쌓여 있다.

소백산의 칼바람은 예상대로 어마어마하게 차갑다. 마음의 준비를 하긴 했지만 워머를 파고드는 찬바람은 날카롭기 그지없다. 그럼에도 불구하고 능선을 따라 운무와 함께 곱게 펼쳐진 소백의 그림 같은 경관은 그 모든 것을 보상하고도 남음이 있다. 어의곡 삼거리에서 정상을 바라보고 좌측으로 가면 국망봉 방향인데 봄에는 거기서부터 철쭉터널이 이어져 있다. 국망봉도 백두대간 인증장소 중 하나이다. 1년 전 철쭉축제 기간에 늦은맥이재를 거쳐 국망봉을 통해서 오른 적이 있는데 어릴 적 왔을때는 그렇게 커 보이지 않던 철쭉이 나의 키보다 훨씬 웃자라 터널 속을 걷는 것처럼 철쭉나무 사이로 행복하게 걸었던 기억이 난다.

소백산은 칼바람으로 유명한 곳이라 안 그래도 거센 바람이 한창 추울 때 와서 벗었던 겉옷을 후다닥 꺼내서 다시 입는다. 까딱 잘못하면 이 바람에 감기에 걸리기 십상이다. 삼거리에서 정상까지는 약 400m인데 탁 트인 전망으로 멀리 천문대까지 훤히 보이고 연화봉도 조망이 된다. 천문대부터 임도를 따라 하산하면 죽령재와 마주하게 된다. 죽령터널이 뚫리기 전에는 죽령재를 넘어야 충청도와 경상도를 오갈 수 있었기에 죽령재 휴게소는 한때 많은 사람들이 쉬어 가는 요지였는데 중앙고속도로가 나면서 죽령터널이 뚫리고 나서는 사람들의 왕래가 거의 없고 주막 하나와 전망대가 휴게소였다는 것을 알려준다. 추운 바람에도 아랑곳하지 않고 융단처럼 하얗게 덮인 눈길을 걸으면서 입가에서는 미소가 떠날 줄을 모른다.

그림처럼 파란 하늘을 보며 어느덧 정상에 도착했다. 정상에서 인증을 한다. 멀리 제1연화봉과 제2연화봉이 조망된다. 저쪽으로 하산하면 희방사를 볼 수 있지만 자차를 이용했기 때문에 다시 원점회귀해야 한다. 도솔봉과 제1연화봉은 백두대간 인증코스이기도 하기에 다시 와야 하는 코스이다. 다음에는 희방사 방향으로 코스를 정하고 와야겠다.

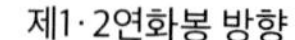
제1·2연화봉 방향

소백산 정상석

소백산은 철쭉도 유명하지만 상고대가 정말 멋진 곳 중 하나다. 바람이 부는 방향대로 결정체를 이루고 있는 소백산의 상고대는 날을 잘 잡아야 볼 수 있지만 이렇게 쌓인 눈만 봐도 멋지다. 역시 오길 잘했다. 하산하는데 어릴 적 추억처럼 비닐포대 생각이 간절하다. 정말 재미있겠다는 생각을 하며 소백산의 산행을 마무리한다. 소백산 일대는 웅장한 산악 경관과 더불어 천연의 삼림, 사찰, 폭포가 많고 단양팔경과 온달산성, 희방사, 부석사, 보국사(輔國寺), 초암사, 구인사(救仁寺), 비로사(毘盧寺), 성혈사 등 여러 사찰과 암자와 같은 명승고적지가 많아 관광지로도 유명하다.

★ 겨울철 산행 시 주의사항 - 겨울철 하산 시간

겨울철 산행 하산 시간은 4시 정도가 적당하다. 해가 지기 시작하면 산속에는 더욱 빨리 어둠이 찾아온다. 어둠 속에서의 산행에는 수많은 위험이 도사리고 있기에 최소한 4시 이전에는 정상에서 하산을 하는 것이 바람직하다.

48.

승리를 꿈꾸는 가리산 전투

- 가리산(1,050.9m)

가리산은 높이 1,050.9m이며 태백산맥의 줄기인 내지산맥(內地山脈)에 속하는 산으로 북쪽에 매봉(800m), 서쪽에 대룡산(大龍山, 899m), 동쪽에 가마봉(可馬峰, 1,192m) 등이 솟아 있다. 그리고 북쪽 산밑의 물노리에는 옛날 청 태종의 선대묘(先代墓)가 있었다고도 한다. 가리산이라는 이름은 단으로 묶은 곡식 또는 땔나무 따위를 차곡차곡 쌓아둔 큰 더미를 뜻하는 '가리'라는 말에서 유래했다. 산봉우리가 노적가리처럼 고깔 모양으로 생겨서 가리산이라 불렀으며 또 다른 의미로는 가래나무가 많아서 가래산이라고도 불렀다고도 한다. 현재는 가래나무를 찾아보기 힘들고 참나무류의 숲이 울창하다.[65]

이른 새벽길을 달려 드디어 도착했다. 사실 겨울의 이른 아침에 약간은 귀찮다는 생각이 들기도 했지만, 하얗게 쌓인 눈을 보는 순간 곧바로 '잘 왔다'라는 생각이 들면서 신명이 저절로 난다. 가리산도 역시 강원도 지역인지라 눈이 제법 쌓여 있다. 출발에 앞서 아이젠과 스패츠를 착용하고, 자연휴양림이라 멋지고 아늑한 통나무 펜션이 옹기종기 모여 있는 산행로를 올라간다. 여름이면 낙엽송의 은은한 향기에 저절로 힐링이 될 듯하다. 휴양림을 지나면 본격적인 등산로가 시작된다. 커다란 바위에 '여기서부터 5㎞'라고 적혀 있다. 합수곡의 무

65 『한국지명요람(韓國地名要覽)』(건설부 국립지리원, 1982), 『한국지명총람』(한글학회, 1967)

쇠말재 방향과 가삽고개 방향 갈림길이다. 이 삼거리에서 좌측으로 나 있는 무쇠말재 방향으로 들머리를 잡는다. 하산할 때는 능선을 타고 가삽고개를 지나 정상에서 반대편으로 내려오면 다시 여기서 만나게 된다.

계곡의 얼음이 얼마나 추운지 대신 말해준다. 땅바닥에는 하얗게 쌓인 눈이 있는 반면에 하늘빛은 어찌 저리 고운지, 마치 파란 물감으로 덧칠해놓은 것 같다.

가리산 자연휴양림

등산로 입구 의자나무

좀 더 올라가니 가리산의 명물 연리목이 나타난다. 연리목은 서로 뿌리가 다른 두 종류의 나무가 자라면서 하나가 되어 같이 자라는 것을 말한다. 소나무의 경우 송진 때문에 다른 나무는 고사하기 마련인데 이 경우는 매우 희귀한 경우라 한다. 여기서 연을 이루지 못하는 남녀가 입맞춤을 한 후 부부의 연을 맺었다 하여 많은 연인들이 와서 소원을 빌기도 한다고 전한다. 유난히 쭉쭉 뻗은 낙엽송이 참 많은 산이다. 여름에 오르면 그 진한 향기에 취할 것도 같다. 바람으로 눈이 쌓인 나무와 휘어서 의자처럼 생긴 나무, 겨우살이가 여기저기 많이 달려 있다. 겨우살이는 항암 효과가 탁월하여 산 약초를 채취하는 약초꾼들이 선호하는 약재 중 하나이다. 그러나 높은 곳에 달려 있기에 채취하기는 쉽지 않다. 정상을 앞두고 약 200m 암릉이 이어지는데 초보자의 경우 위험할 수도 있다. 특히 겨울에는 미끄러워 추락의 위험도 있으니 더욱 조심에 만전을 기해야 할 것이다.

드디어 정상이다. 가리산 강우 레이더 관측소가 조망된다. 경관이 멋지다. 날씨가 좋은 날에는 소양강이 조망된다고 하였는데 먼 하늘에 구름이 깔려서 강은 보이지 않는다. 정상석 옆에는 해병대 가리산 전투비가 있다. 1951년 3월 19일부터 7일간 해병대 제1연대는 북괴군 제6사단과 격전을 치렀는데 국군과 유엔군의 총반격 시 미 제9군단 진격의 걸림돌인 가리산을 확보하여 총반격 작전에 크게 기여하였다. 당시 전사자가 31명, 부상 91명, 실종 2명의 피해가 있었으며 적 사살 121명, 포로 39명, 추가로 총기류 노획 등의 성과를 이루었다고 적혀 있다.

이제 2봉, 3봉으로 하산한다. 하산하는 길에는 큰바위얼굴이 있다. 옆모습으로 조망되는 기암괴석은 커다란 사람 얼굴처럼 생겼다. 큰바위얼굴과 관련해서 다음과 같은 이야기가 전한다. 약 250여 년 전 조선조 영조대왕 후반기에 한 선비가 이곳에서 호연지기를 키우며 공부를 했고 스무 살 되던 해에 장원급제를 하여 판서까지 올랐다고 한다. 그 후 판서가 공부하던 제2봉의 바위가 조금씩 사람 얼굴로 변하기 시작했고, 그 자리에서 공부하던 많은 청년과 선비들이 과거에 급제하여 벼슬길에 올랐다고 전한다. 최근에는 수능 대박을 기원하는 수험생과 학부형들이 기도를 하는 모습을 볼 수 있다고 한다. 가삽고개로 향하는 길에는 한천자 이야기 안내판이 세워져 있는데, 이 이야기는 묫자리에 얽힌 이야기다. 옛날 가리산에 한(韓)씨 부부가 살았는데 어느 날 도승이 찾아와 하룻밤 묵어가기를 청하여 아들 방에서 자도록 허락하였다. 도승

가리산 정상석, 전투비

강우 레이더 관측소

2봉과 3봉

큰바위얼굴

제2봉

제3봉

은 식사 후 아들에게 달걀 세 개를 달라고 하였는데 날달걀은 없어 삶은 달걀을 주었고 그 도승이 아들 몰래 가리산에 묻은 달걀이 명당 자리며 아들은 도승을 따라가 봐둔 자리에 아버지 묘를 쓰고 중국에서 천자가 되었다는 전설이 전해진다. 그 명당 자리에 많은 이들이 몰래 암매장을 하여 지금도 산삼을 캐러 가는 사람은 한천자 묘소에 제를 드리고 벌초를 하기 때문에 묘가 묵는 일이 없다고 적혀 있다.

한천자터가 있는 가삽고개를 지나 하산하는 길에는 완만한 등산로가 이어진다. 역시 낙엽송이 많은 낙엽송 군락지를 지나면 화전민 약수터를 지나치게 되는데, 효험이 남달랐다고 하지만 지금은 묵혀진 우물 흔적만 있다. 이제 거의 다 내려왔다. 등산로 입구에는 추운 겨울에도 제 할 일을 다하는 생강나무 꽃봉오리가 곧 봄을 맞을 준비를 하느라 통통하게 물이 올랐다.

강원도는 여름에도 바람이 차가워 모기가 거의 없고 시원하다. 비가 오는 날이면 그 시원함이 선풍기가 없어도 될 정도이기에 여름에 가리산 자연휴양림을 찾는다면 시원한 여름을 보낼 수 있을 것이다. 가리산 자연휴양림은 인터넷을 통해 예약이 가능하며 국립자연휴양림보다는 조금 가격이 비싸지만 자연경관과 어우러진 휴가를 보내기 원한다면 가리산 일정을 잡아보는 것도 좋겠다.

★ 겨울철 산행 시 주의사항 - 경험자와 동행

겨울철에는 아름다운 설경으로 많은 등산객들이 산을 찾지만 그에 비해 많은 위험이 도사리고 있다. 눈으로 덮인 산행로는 잘 보이지도 않을 뿐만 아니라 눈에 덮인 얼음으로 낙상사고도 많은 계절이다. 따라서 산행코스를 잘 알고 있으며 응급상황에 대처를 잘할 수 있는 전문가의 동행은 매우 중요하다.

49.

하늘과 땅이 하나 되는 곳

- 태백산(1,566.7m)

태백산은 높이 1,566.7m로 1989년 5월 태백산도립공원으로 지정되었다가 2016년 국립공원으로 지정되었다. 태백산맥의 종주(宗主)이자 모산(母山)으로, 이곳으로부터 소백산맥이 갈라져 나와 남서쪽으로 발달하였으며 한국의 12대 명산의 하나이다. 또한 삼신산의 하나로서 영산으로 추앙받아왔으며 곳곳에 암석이 있고 깊은 계곡들이 발달하여 북쪽과 북서쪽으로는 완만한 경사를 이루고 있으나 나머지 사면은 급경사이다. 태백산에는 삼림자원이 풍부하며 석탄, 석회석, 흑연 등 지하자원이 풍부하여 광업이 발달했다. 명소로는 『조선왕조실록』을 보관한 태백산사고를 비롯하여 대표적인 문화유물인 정암사의 수마노탑(보물 제410호) 등이 있다.[66]

새벽부터 태백산의 새하얀 눈꽃을 보기위해 약 3시간을 달려 도착했다. 약간은 경사진 눈길을 걸으며 한 시간가량 완만한 임도 같은 산길을 걸어간다. 태백산 산길은 이미 어느 정도 높은 주차장에서 산행을 시작하기에 사실 정상의 고도에 비하면 그리 어려운 코스는 아니다. 눈 덮인 가을꽃과 주목이 태백산이란 것을 상기시켜준다. 어느 정도 오르니 눈꽃이 시작된다. 역시 태백산의

66 『삼국사기』, 『삼국유사』, 『택리지』, 『삼척읍지』, 『삼척진주지』, 『태백(太白)의 시문(詩文)』(강릉문화원, 2003), 『한국지지』-총론(건설부 국립지리원, 1980), 『태백산일대종합학술조사보고서』(한국자연보존협회, 1987)

주목에 쌓인 눈꽃은 아름답다. 특히 자작나무의 눈꽃이 하얗다 못해 고급지게 보인다. 보호수로 지정된 주목마다 사진을 찍는 산객들로 붐빈다. 멋진 주목의 눈꽃에 빠져서 사진을 찍다 보니 어느새 장군봉이 가까워진다.

태백산 주목들

드디어 장군봉에 도착했다. 장군봉은 태백산 최고봉으로 1,567m인데 조망이 좋으면 정상에서 함백산, 청옥산, 두타산, 오대산, 소백산 줄기도 보인다고 한다. 오늘은 날씨가 흐려 잘 보이지 않지만 눈 쌓인 장군봉에서 열심히 사진을 찍어본다. 장군봉에서 천제단까지 가는 길에도 주목과 철쭉나무에 눈꽃이 멋지다. 장군봉에서 천제단까지는 오솔길처럼 완만한 길로, 사방에 탁 트인 경관을 한눈에 보며 걸어갈 수 있다.

장군봉에서 정상은 금방이다. 정상석에서 인증촬영을 하고 천제단으로 발길을 옮겨본다. 천제단에는 한배검이라는 글이 적힌 비석이 있는데 한배검은 단군 할아버지를 이르는 말로 대종교에서는 천진이라고도 부른다. 태백산은 단군의 기운이 서린 곳이자 단군에게 제사를 지내는 곳으로, 매년 10월 3일 개천절에 제의를 행하는데 이를 천제 또는 천왕제라고 한다(강화도 마니산에는 참

성단이라 불린다).[67]

태백산의 경관을 뒤로하고 반재 방향으로 하산길을 잡는다. 하산하는 길에는 단종비각을 지나는데 단종비각은 영월에 유배된 후 승하하여 산신령이 된 단종의 영혼을 위로하기 위해 한성부윤 추익한이 지은 것이라 한다.[68] 하산하는 길도 완만하여 마치 오솔길을 걷는 느낌으로 내려간다. 망경사에 이르면 입구에 용정이라는 우물이 있는데 용정은 해발 1,470m에 자리하고 동해에서 떠오르는 태양을 제일 먼저 받아 우리나라 100대 명수 중 최고이며 천제를 지낼 때 사용했다고 한다. 가뭄, 홍수 등 기상이변이 있어도 수량이 변함없이 그대로 유지된다고 알려져 있다. 이 조형물은 풍요, 다산, 번성, 장원급제, 출세를 의미하며 황하를 올라가 급류의 용문을 통과하면 용이 된다는 전설과 같이 잉어가 낙동강을 올라와 자개문(구문소)을 거쳐 용정에 이르러 용이 되어서 모든 이들의 소원성취를 이루어준다는 의미를 담고 있다고 한다. 샘에 용각을 짓고 용신에 제를 올려 예부터 용정이라 불렀다고 적혀 있다.[69]

하산하는 길엔 특이하게 생긴 나무들, 사시사철 푸른 조릿대, 그리고 화사한 자작나무들이 눈을 호사스럽게 한다. 당골광장으로 가는 삼거리에서 우측으로 쭉쭉 뻗은 소나무길로 하산하며 그윽한 소나무 향기에 빠져본다.

하늘의 장군이 연화봉의 옥녀에게 빠져서 업무를 게을리해 하늘의 벌을 받아 생겨났다는 장군바위를 지나고, 바위마다 하얀 눈으로 덮인 당골계곡을 따라가다 보면 어느새 눈꽃축제가 한창인 눈조각공원에 도착한다. 해마다 하는 눈꽃축제에는 다양한 볼거리와 놀이가 준비되어 있다. 사시사철 멋지고 아름다운 태백산, 그리 힘들지 않지만 볼거리는 풍성한 태백산의 산행을 마무리한다.

---

67 『중요민속자료지정조사보고서: 태백산천제단』(임동권, 문화재관리국, 1991)

68 단종비각 안내문

69 망경사 용정 안내표지판

장군봉 정상석

태백산 정상석

한배검 비석

단종비각

용정

이 산에는 태백산사(太白山祠)라는 사당이 있었고, 소도동에는 단군성전(檀君聖殿)이 자리하고 있다. 태백시의 황지는 낙동강의 발원지로 알려져 있으며 높이에 비해 등산로가 비교적 완만하다. 태백산 정상에서는 조망되는 경관이 좋으며, 특히 겨울에는 눈꽃축제 등으로 등산객들뿐만 아니라 관광객들도 많이 찾는 곳이다.

★ 겨울철 산행 시 주의사항 - 겨울철 등산복장

겨울철 등산에서 중요한 것이 바로 의복이다. 겨울철에는 두꺼운 옷 하나보다 얇은 기능성 옷들을 여러 벌 입는 것이 좋다. 흡습과 속건 기능이 있고 활동성이 편하며 가볍고 따뜻한 구스다운과 고어텍스의 겉옷을 준비한다. 특히 겨울철이라 하더라도 눈뿐만 아니라 비에 대비할 수 있는 의류도 챙겨서 갑작스러운 날씨의 변화와 보온에 대비해야 한다.

50.

따뜻한 커피 한잔이 그리운 곳

- 백덕산(1,350m)

백덕산은 태백산맥의 줄기인 내지산맥(內地山脈)에 속하는 산으로, 서쪽의 사자산(獅子山, 1,120m) 및 삿갓봉(1,030m)과 이어진 산계(山系)에 솟아 있으며 산세는 험한 편이다.[70]

평창올림픽과 명절로 인하여 차량이 많을 것으로 예상하고 떠난 산행인데 의외로 생각보다 차량이 많지 않아 다행이다. 한겨울임에도 날씨가 그다지 춥지 않고 바람도 적어서 오늘 산행은 비교적 수월할 듯하다. 드디어 운교리 마을회관에 도착했다. 마을을 지나면 산 입구에 화살표 모양으로 등산로 입구라고 친절하게 적어놓았다.

본격적인 산행이 시작되는 곳이다. 주위의 밭들이 새하얀 눈으로 덮여 마치 스키장처럼 펼쳐져 있다. 산기슭을 올라가다 보면 강원도 지역에서 흔히 볼 수 있는, 상처 난 굵은 소나무들을 볼 수 있는데 굵기가 큰 소나무들마다 일제시대 송진을 채취한 흔적을 볼 수 있다.

푸른 조릿대가 있는, 살짝 경사진 길을 한 시간 반쯤 올라간다. 바람이 얼마나 불었으면 켜켜이 쌓인 눈이 어른 키만큼 계단처럼 높게 쌓여 있다. 파란 하

---

70 『한국지명총람』(한글학회, 1967), 『한국지명요람』(건설부 국립지리원, 1982)

등산로 입구

송진 채취 흔적

명품 소나무

바람으로 쌓인 눈

백덕산 정상석

서울대 나무

늘 사이로 오래된 고목이 멋스럽다. 쉼터에는 둥근 나무로 만든 의자가 있고 좀 더 진행을 하니 누가 지었는지 서울대 나무가 있는데 참 신기하게도 생겼다. 양쪽으로 바위가 대문처럼 나 있는 곳을 지나면 금방 정상이다. 커다란 바위들을 지나 다다른 정상에서는 크고 작은 산들이 병풍처럼 둘러싸인 경관을 볼 수 있다.

맑은 날의 겨울산은 유난히 푸르게 감도는 하늘빛과 산빛이 어우러져 신비롭기까지 하다. 그냥 "멋지다"라는 말로 대신한다. 주릿대가 있는 오솔길에서 뽀드득 뽀드득 하얀 눈을 밟으며 하산길에 접어든다. 오랜 세월에 바위와 나무가 하나가 되어 있는, 신기한 나무도 보인다. 우리네 삶도 저렇게 서로 어우러지면 얼마나 좋을까! 여기서 우리는 약간 경사졌지만 빠른 길로 하산한다. 경사가 꽤 만만치 않다. 아이젠을 했는데도 그냥 미끄러진다. 미끄럼을 타듯이 눈길을 내려가 조금은 이른 백덕산 산행을 마무리한다. 명절 전이라 그런지 인적이 없어서 한적하게 다녀왔다. 생각보다 많은 눈을 밟고 미끄러지고 자빠지면서 예쁜 추억 하나 추가한 하루였다.

백덕산은 산세가 비교적 험해 능선의 곳곳에 절벽이 나타나고, 기암괴석이 소나무와 조화를 이루고 있으며 남서쪽과 북쪽 사면으로 흐르는 계류가 주천강과 평창강으로 각각 흘러든다. 수림이 울창하고 가을 단풍이 아름다우며, 중턱에는 고인돌이 남아 있다. 남서쪽 법흥리에는 신라 때 창건된 흥녕사지와 영월흥녕사징효대사탑비, 법흥사 등이 있다. 문치-사지산-정상-묵골다리, 법흥사-사지산-당치-운교리에 이르는 등산로가 있다.[71]

★ 겨울철 산행 시 주의사항 - 여벌의 양말 준비

눈길을 걷다 보면 스패츠와 방수 등산화에도 불구하고 양말이 젖을 때가 종종 있다. 이때 젖은 양말을 그대로 신고 있으면 동상에 걸리기 쉬우므로 젖은 양말은 신속하게 갈아 신도록 한다.

71 Daum백과